GW00384916

Arto Paasilinna

La douce empoisonneuse

Traduit du finnois
par Anne Colin du Terrail

Denoël

Titre original :

SULOINEN MYRKYNKEITTÄJÄ

Éditeur original : WSOY, Helsinki.
© *Arto Paasilinna et WSOY, 1988.*
© *Éditions Denoël, 2001, pour la traduction française.*

Arto Paasilinna est né en Laponie finlandaise en 1942. Successivement bûcheron, ouvrier agricole, journaliste et poète, il est l'auteur d'une vingtaine de romans dont *Le meunier hurlant*, *Le fils du dieu de l'Orage*, *La forêt des renards pendus*, *Le lièvre de Vatanen*, *Prisonniers du paradis*, tous traduits en plusieurs langues.

1

Une avenante petite vieille dans un paisible
décor champêtre, quel aimable tableau.

Dans le jardin d'une maisonnette rouge, une
frêle grand-mère s'affairait, un arrosoir jaune à
la main, aspergeant d'eau sa bordure de violettes. Des hirondelles tournoyaient en gazouil-
lant, haut dans le ciel limpide, des abeilles
bourdonnaient, dans l'herbe somnolait un chat
paresseux.

Plus loin, à l'orée de la forêt, se dressait
un petit sauna en bois gris; de la fumée bleue
s'échappait de sa cheminée dans l'air de l'après-
midi. Le sentier qui y conduisait passait près
d'un puits sur le couvercle duquel étaient posés
deux seaux en plastique rouge.

La propriété était ancienne, belle et bien entre-
tenue. Au sud, à quelque deux cents mètres, on
apercevait le reste de la bourgade, des maisons de
maître, une serre en plastique, une grange et des
étables, des carcasses de voitures rouillant der-

rière les bâtiments, à demi enfouies sous les orties. De l'agglomération parvenait le vrombissement irritant des mobylettes et, plus loin, le grondement régulier d'un train.

C'était, à cinquante kilomètres de Helsinki, au nord de la commune de Siuntio, le petit village de Harmisto, avec son épicerie, son bureau de poste, sa succursale du Crédit mutuel, son hangar industriel délabré et sa trentaine de fermes.

La vieille femme emplit au puits quelques seaux qu'elle porta au sauna, faisant halte plusieurs fois pour se reposer en chemin. Dans l'étuve, elle tisonna le feu qui brûlait sous l'eau et les pierres et referma légèrement la tirette.

À première vue, l'on aurait pu croire qu'elle était née là, qu'elle avait vécu toute sa longue vie dans sa petite métairie où elle coulait maintenant les derniers jours sereins de son existence, à soigner ses violettes et son chat.

Balivernes. Elle avait des doigts fins, sans un cal. Jamais ses mains n'avaient trimé aux champs, fait les moissons ou trait les pis de dizaines de vaches dans les étables de riches domaines. Ses cheveux étaient coiffés comme à la ville, ses boucles blanches tombaient avec élégance sur ses épaules étroites autour desquelles était drapé un coquet châle en coton à rayures bleues et blanches. Elle avait plus l'air d'une châtelaine en vacances que d'une veuve de journalier affligée de varices et de pellicules.

La vieille dame était allée le matin même toucher sa pension au Crédit mutuel de Harmisto. On aurait pu penser qu'elle serait de belle humeur, en ce faste jour d'été, mais il n'en était rien. En réalité, la retraitée avait appris à haïr cette échéance mensuelle : chaque fois qu'elle encaissait son dû, de détestables visiteurs venus de la capitale s'invitaient sous son toit. Il en allait ainsi depuis de nombreuses années déjà, une fois par mois.

L'idée déprimait la vieille femme. Elle s'assit, sans force, dans la balancelle en bois du jardin, prit son chat sur ses genoux et soupira d'une voix lasse :

« Garde-moi, mon Dieu, des jours de paie. »

Elle tourna un regard inquiet vers le chemin vicinal par lequel ses visiteurs helsinkiens avaient coutume d'arriver ; elle aurait aimé jurer comme un charretier, ou comme un soudard, mais s'en abstint, en veuve bien élevée qu'elle était. Ses yeux se durcirent pourtant, étincelant d'une haine farouche. La queue du chat se hérissa — lui aussi guettait la route.

La vieille dame partit rageusement en direction du sauna, suivie de son matou. Après avoir jeté une rituelle louchée d'eau sur les pierres brûlantes, elle ferma si sèchement la tirette que des écailles de crépi tombèrent du conduit de fumée sur le couvercle de la cuve.

Cette fragile personne âgée était la colonelle

Linnea Ravaska, née Lindholm. Elle avait vu le jour dans la capitale, en 1910, et avait perdu son mari, le colonel Rainer Ravaska, en 1952, l'année même des jeux olympiques de Helsinki. Aujourd'hui retraitée, elle habitait à Harmisto, près Siuntio, dans cette maisonnette rouge sans autre confort moderne que l'électricité. Son ménage de femme seule n'aurait pas dû compter d'autres personnes à charge que son chat. Mais tel n'était hélas pas le cas. La vieille colonelle filait en réalité un bien mauvais coton.

2

Trois robustes jeunes gens roulaient à tombeau ouvert sur l'autoroute de Turku, en direction de l'ouest, dans une voiture volée rouge. Ils venaient de passer Veikkola. C'était l'après-midi, il faisait chaud dans la berline. Le plus jeune, Jari Fagerström, vingt ans, tenait le volant, avec à ses côtés Kauko « Kake » Nyyssönen, âgé d'une dizaine d'années de plus que lui, et, assis sur la banquette arrière, le troisième homme, Pertti Lahtela dit Pera, qui pouvait avoir dans les vingt-cinq ans. Ils étaient vêtus de jeans et de T-shirts bariolés, aux aisselles trempées de sueur et à la poitrine décorée d'insignes d'universités américaines, et chaussés de baskets. L'intérieur du véhicule puait la transpiration et la bière éventée.

Le mâle trio était en route pour une partie de sauna chez la mémé de Kake.

En quittant Helsinki, ils s'étaient un peu accrochés à propos de l'utilité de voler une voiture. Kauko Nyyssönen en avait fait le reproche

13

à ses camarades. Ils auraient tout aussi bien pu aller à la campagne en autocar. Pour quoi fallait-il piquer une nouvelle bagnole à chaque déplacement? Ce genre d'amateurisme conduisait droit en taule, et ils le paieraient un jour ou l'autre. Selon lui, les joies de la conduite ne justifiaient pas qu'on moisisse en prison.

Le chauffeur et le passager de la banquette arrière avaient rétorqué en chœur qu'avec cette chaleur, cuire dans un car n'avait rien de plaisant. Mieux valait profiter d'un véhicule de tourisme, quand l'occasion s'en offrait.

À la hauteur de Veikkola, la conversation avait dévié sur les corbeaux qui se dandinaient au bord de l'autoroute, à quelques centaines de mètres les uns des autres, l'air d'attendre quelque chose. Que pouvaient-ils bien faire là? Deux théories s'affrontèrent : pour Nyyssönen, les oiseaux se pressaient sur les bas-côtés pour manger des cailloux. Ils avaient besoin de se remplir le gésier de gravillons pour améliorer leur digestion. Les autres se moquèrent de lui, refusant de croire à l'existence même d'un tel organe, surtout chez des corbeaux. Ils étaient d'avis que ces charognards s'étaient partagés la route en tronçons égaux et y montaient la garde dans l'espoir de festoyer des petits animaux écrasés par les voitures.

Le partisan du gésier, défait, changea de sujet. Il fit jurer à ses compagnons de se comporter, à l'arrivée, de manière civilisée. Il en avait plus qu'assez de la pagaille qu'ils semaient en général lors de leurs virées. C'était après tout chez sa chère mamie qu'ils allaient. Elle se faisait vieille, il était temps qu'ils s'en rendent compte.

Les deux autres suspectèrent Kake d'avoir surtout peur que la vioque ne fasse une syncope et leur claque entre les doigts. Ils lui firent remarquer qu'il allait lui-même une fois par mois rendre visite à sa mémé et fiche le bordel à Harmisto. Il circulait en ville pas mal d'histoires sur ses saloperies. Eux n'étaient pas du genre à faire de telles conneries.

Kauko Nyyssönen fit observer qu'il ne s'agissait pas vraiment de sa mémé. La vieille était l'épouse du frère de sa mère, autrement dit la femme de son oncle... sa tante, donc. Et pas sa grand-mère, malgré son âge plus qu'avancé.

Il ajouta fièrement que son oncle avait été un authentique colonel, un coriace qui en avait vu de dures sur le front; il était mort depuis un siècle, mais les Russes en parlaient encore en baissant la voix.

Jari Fagerström et Pertti « Pera » Lahtela, à l'arrière, déclarèrent qu'ils se foutaient de son colonel comme d'un rat crevé. Aux chiottes tous les militaires, telle était leur inébranlable conviction.

Le vocabulaire du trio respectait en général les règles d'or de la pire vulgarité. Les grossièretés volaient si dru qu'elles ne signifiaient plus rien, simples ponctuations épiçant le discours, tels les c'est clair des théâtreux.

Alors qu'ils bifurquaient de l'autoroute, Kauko Nyyssönen demanda à ses camarades où ils avaient trouvé leur véhicule et où ils avaient l'intention de l'abandonner. Il ne voulait pas être mêlé à ce nouveau vol de voiture. Ce genre de petits coups minables ne l'intéressait pas.

Jari Fagerström répondit que la bagnole venait de la rue d'Uusimaa. Il avait l'intention de rouler avec deux ou trois jours, puis de l'oublier quelque part. Il n'y avait rien à gagner à la garder trop longtemps. Ce pourrait être marrant, non, après-demain, de faire un rodéo dans une sablière, ou d'emboutir quelques pins. Il adorait casser des voitures. Kake pouvait lui dire merci pour la balade.

À l'épicerie-bazar de Harmisto, les trois hommes achetèrent une douzaine de bières et dix litres d'essence. Pendant que le patron les servait à la pompe, Pera rafla cinq paquets de cigarettes derrière le comptoir, aidé par Jari qui, réclamant à cor et à cri de la charcuterie à la coupe, obligea la vendeuse à abandonner un instant la caisse pour le rayon boucherie. Dans la voiture, Pera constata d'un air maussade qu'il s'était, dans sa hâte, trompé de marque de tabac.

Kauko Nyyssönen s'aperçut qu'il avait oublié de se munir de fleurs. Il apportait souvent un bouquet à sa tante, ou au moins une tablette de chocolat. Il se plaisait à se considérer, en un sens, comme un homme du monde. Et il n'était jamais mauvais, de toute façon, d'offrir des cadeaux aux femmes.

Fagerström arrêta la voiture près de la voie ferrée, où un rosier d'Écosse poussait au coin de la vieille gare désaffectée. Il sortit son cran d'arrêt de sa poche et tailla quelques-unes des plus belles branches du buisson.

« Ça c'est du bouquet, putain ! » se félicita-t-il.

Dans un jaillissement de gravier, la voiture s'engouffra dans le chemin de terre sinueux qui conduisait à la petite métairie de la colonelle Linnea Ravaska, manquant de peu écraser le chat.

Kauko Nyyssönen tendit la touffe de roses à la vieille dame apeurée et lui présenta ses compagnons, Jari Fagerström et Pertti Lahtela, qui se tenaient plantés en retrait, les mains dans les poches. Ce n'est que quand il leur fit discrètement signe qu'ils eurent la présence d'esprit de venir serrer la main de la colonelle.

« Où est le frigo ? » demanda Pera avec son sac de bières.

Ils entrèrent dans la maisonnette, qui ne comportait qu'une petite salle et une cuisine. Les murs étaient tapissés d'un vieux papier peint à grandes fleurs, un large lit à deux places, vestige d'un logement plus vaste, meublait le fond de la pièce ; le reste de l'espace était presque entière-

17

ment occupé, par un grand canapé en cuir et deux imposants fauteuils. Aux fenêtres, il y avait des voilages bordés de dentelle, provenant eux aussi du spacieux appartement de Töölö, dans les beaux quartiers de Helsinki, où Linnea Ravaska avait vécu avec son mari.

Pera entassa les bières dans le réfrigérateur de la cuisine. En revenant, il se plaignit de n'avoir rien trouvé de sérieux à se mettre sous la dent. Rien que des harengs et une boite de nourriture pour chat. Il avait un petit creux ; la colonelle avait-elle une cave, ou un autre endroit où elle gardait des charcuteries ?

Linnea Ravaska déclara qu'elle n'avait pas les moyens d'acheter des cochonnailles. Mais elle pouvait faire du café.

Les trois hommes refusèrent, disant qu'ils venaient d'en prendre ; quelques viennoiseries seraient par contre les bienvenues. Dès que les boissons eurent rafraîchi dans la glacière, Kake et ses amis passèrent à table. Ils engloutirent brioche sur brioche, les faisant descendre à coups de bière, et voulurent savoir si la vieille femme faisait elle-même sa pâtisserie, elle n'était pas mauvaise. Linnea répondit qu'elle se fournissait à l'épicerie, mettre la main à la pâte n'était pas son passe-temps favori.

« À nous non plus », rigolèrent les visiteurs.

Nyyssönen pria ses camarades de sortir un instant. Il avait à parler seul à seul avec sa tante.

Quand Lahtela et Fagerström se furent esquivés, Linnea demanda à Kauko d'où il les connaissait. Ils avaient l'air de bons à rien, voire de délinquants.

« Tu ne devrais pas fréquenter de tels vauriens, lui reprocha la vieille femme.

— Arrête de radoter, tantine, ils sont hypercools. Et ce sont mes potes, pas les tiens. Tu as touché ta pension ? »

Avec un soupir, la colonelle Linnea Ravaska sortit de son sac à main une enveloppe qu'elle tendit à son neveu. Il la déchira et en tira une liasse de billets qu'il compta soigneusement avant de les glisser dans son portefeuille. La mine renfrognée, il se plaignit de la modicité de la somme. Linnea Ravaska se défendit en lui faisant remarquer que les pensions étaient très chiches, en Finlande, et que les retraités n'obtenaient pas d'augmentations, contrairement aux salariés.

Kauko Nyyssönen était bien d'accord, les allocations étaient scandaleusement insuffisantes. Il y avait là une criante injustice. Dire qu'une veuve d'officier devait se contenter d'une retraite aussi minable ! C'était d'une iniquité révoltante. Le colonel Ravaska avait combattu dans d'innombrables guerres, risqué des centaines de fois sa peau pour la patrie, et voilà comment on le remerciait ! Le système social de ce pays de trous du cul était un véritable merdier.

Linnea Ravaska morigéna son neveu pour son langage. Sans prêter la moindre attention à ses remontrances, Kake demanda si le sauna était chaud. Un bon bain de vapeur lui ferait du bien. jetant un coup d'œil par la fenêtre de la maisonnette, il vit que Lahtela et Fagerström avaient chassé le chat dans un pommier, d'où ils tentaient de le faire descendre à coups de gaule. Il sortit dans le jardin et confia quelques centaines de marks à Jari Fagerström, en lui demandant d'aller acheter à boire. Ensuite, on irait au sauna.

« Prends une liqueur pour Linnea, glissa-t-il.

— Non, merci, rien pour moi », s'empressa de corriger la vieille dame.

Fagerström se chargea volontiers de la course. Il disparut par le chemin de terre, moteur hurlant, dans un nuage de poussière.

Lahtela essaya de déloger le chat de l'arbre en lui lançant des pierres, mais renonça quand Linnea l'eut supplié de ne pas lapider l'animal.

« Bon, bon... en ce qui me concerne, cette sale bête peut rester perchée là-haut jusqu'à Noël », marmonna-t-il en jetant une dernière pierre en direction du chat qui crachait à la fourche du pommier.

Plus tard au sauna, tout en buvant, Nyyssönen se lança dans un panégyrique de sa tante. Jari et Pera connaissaient-ils une seule autre mémé prête à aider un parent dans le besoin ? Non, même leurs mères leur avaient tourné le dos.

Pour lui, c'était différent, mais après tout il était issu d'une meilleure famille. Tout le monde ne pouvait pas avoir un oncle colonel, par exemple.

Ses camarades lui firent remarquer que, d'après ce qu'ils savaient, son paternel était un clown accordéoniste natif du Savo qui avait échoué à Helsinki après la guerre et était mort dans un taudis, rongé par l'alcool. Kake prit la mouche et expliqua que son père était né dans un manoir de l'est de la Finlande et que son nom, Nyyssönen, venait de Dionysos, le dieu grec du vin, et que de toute façon sa mère descendait d'une longue lignée de militaires et qu'il valait donc mieux qu'ils la ferment s'ils ne voulaient pas prendre son poing dans la gueule. Lahtela et Fagerström prétendirent malgré tout encore que la mère Ravaska ne lui donnait pas son argent par pur attachement familial et qu'il lui extorquait chaque mois de force sa pension, c'était bien connu, tout le monde en ville était au courant. Mais est-ce que ça les regardait, si certains avaient la chance de pouvoir dépouiller une riche veuve au cerveau ramolli.

Ils allaient en venir aux mains quand Nyyssönen se rappela soudain le chat dans le pommier. L'animal de compagnie de sa si généreuse tante ne méritait pas de passer la nuit dans un arbre.

Toutes affaires cessantes, ils coururent en tenue d'Adam secourir la bête. Hilares, ils traînèrent d'un commun effort la balancelle du jardin au pied du pommier et entreprirent d'y grimper. Le tronc ploya, des branches cassèrent, le chat se hérissa, les sauveteurs tombèrent l'un après l'autre sur la pelouse et sur la balancelle, qui se disloqua. Enfin, Lahtela réussit à atteindre le sommet de l'arbre. Jouant les Tarzan, il poussa des hurlements à faire trembler tout le village, puis secoua la ramure jusqu'à ce que le chat terrifié tombe dans ses bras nus. Il le saisit par la queue, dans l'intention de l'envoyer voler au loin dans le jardin, mais la pauvre bête s'accrocha de toutes ses griffes à son poitrail dévêtu, creusant de profonds sillons dans sa chair. Hurlant de douleur, il tomba avec le chat sur les restes de la balancelle démantibulée. Le matou courut se réfugier sous l'étable, et Lahtela se releva couvert d'écorchures. Il était furieux.

« Espèce de vieille toupie, tu vas me le payer, nom de Dieu, et cher », cria-t-il rageusement à Linnea qui se tenait, pétrifiée de terreur, sur le perron de sa maisonnette.

Lahtela se rua vers la colonelle, qui recula affolée à l'intérieur et ferma la porte à clef derrière elle. Il eut le temps d'arracher la poignée avant que Nyyssönen et Fagerström parviennent à le maîtriser.

« Regardez ce que ce fauve m'a fait, ulula-t-il. Je vais la tuer, la vioque, personne ne me traite comme ça, vous m'entendez, personne ! »

Nyyssönen et Fagerström, usant de force et de persuasion, ramenèrent Lahtela au sauna. Il leur restait de l'alcool, qu'on lui administra en première urgence. Puis Kake alla frapper à la fenêtre de Linnea pour demander du sparadrap. La vieille dame le laissa entrer, lui donna de quoi panser le blessé et retourna s'étendre sur son lit, les mains serrées sur la poitrine. Nyyssönen s'enquit de ce qui lui arrivait. Il ne fallait pas s'en faire pour Pera, il était un peu soupe au lait et plutôt douillet. Elle n'allait quand même pas se coucher en plein jour ?

« J'ai eu si peur, Kauko, j'ai des palpitations. J'espère que vous n'avez pas l'intention de rester toute la nuit, je préférerais vraiment que vous rentriez à Helsinki, maintenant que tu as ton argent. »

Nyyssönen déclara qu'ils y réfléchiraient, mais qu'il ne fallait pas compter dessus, ils étaient tous, et Jari le premier, trop imbibés pour pouvoir conduire.

Une fois Kauko Nyyssönen parti avec la boîte de sparadrap, Linnea Ravaska se releva, verrouilla la porte de la maison, sortit son pilulier de son sac à main, alla prendre de l'eau fraîche dans le seau de la cuisine et avala deux cachets. Du côté du sauna, les trois hommes continuaient leur tapage. La vieille dame soupira, tira les rideaux, se déshabilla, revêtit sa chemise de nuit et gagna son lit d'un pas chancelant. Elle ferma les yeux, sans pourtant oser dormir. Si au moins elle avait eu le réconfort d'un téléphone... mais Kauko le lui avait pris pour le vendre, l'hiver précédent. Linnea pria pour que cette visite ne se termine pas comme toutes les autres.

3

La soirée au sauna se prolongea tard dans la nuit. Emplissant de leur raffut l'étuve et le vestiaire et tous les alentours, les trois gaillards buvaient, braillaient, chahutaient et couraient nus dans le jardin, tordus de rire, contents d'eux-mêmes et de leurs blagues.

Au milieu de tout ce vacarme, la malheureuse retraitée essayait de dormir, mais les battements désordonnés de son cœur ne lui en laissaient pas le loisir. D'habitude, son rythme cardiaque ne lui causait pas trop de souci, mais ces visites de Kauko, une fois par mois, la bouleversaient. Elle n'était plus toute jeune. À vrai dire, elle fêterait cette année ses soixante-dix-huit ans, le 21 août — jour anniversaire, entre parenthèses, de personnalités aussi remarquables que l'actrice Siiri Angerkoski, la princesse Margaret ou Count Basie. Margaret n'était pas encore bien vieille, mais Siiri et le Count étaient plus âgés qu'elle, l'une de huit ans et l'autre de six. Et tous deux étaient morts... Linnea avait été à l'enterrement de Siiri, par curiosité, quand elle habitait encore Helsinki. Une belle cérémonie.

Le temps avait passé si vite, comme en coup de vent. Lorsqu'elle était adolescente, elle pensait que l'on était déjà vieux à trente ans. Et soudain, elle avait elle-même atteint la trentaine, et presque aussitôt la quarantaine, qu'elle avait accueillie avec une certaine nervosité ; puis Rainer était mort — un soulagement, en un sens... Elle avait ensuite eu cinquante ans, et dans la foulée soixante et soixante-dix, et voilà que les quatre-vingt approchaient. Avec l'âge, les années commençaient à paraître aussi courtes que jadis les mois, et les dernières avaient filé comme en deux semaines, l'une d'été, l'autre d'hiver. À cette aune, Linnea pensait pouvoir vivre encore une dizaine de semaines, tout au plus, avec de la chance. Elle songea qu'elle devrait aller à Helsinki consulter son vieux docteur, Jaakko Kivistö, et lui demander combien d'années il lui restait. Cet ancien camarade du colonel Ravaska était leur médecin de famille depuis la guerre. Quand Linnea s'était retrouvée veuve, elle et lui avaient eu pendant deux ans une très agréable et proprette liaison. Le bon côté des médecins, au lit, est qu'ils ne salissent pas ce qu'ils touchent. L'avantage était aussi que Linnea, depuis maintenant des dizaines d'années, continuait de pouvoir consulter Jaakko gratuitement. Bien sûr, le bonhomme se faisait vieux, il n'était que de huit ans son cadet, mais elle avait confiance dans les docteurs d'antan, qui prenaient la peine d'écouter leurs patients exposer leurs maux en détail.

Jaakko Kivistö était aussi un homme bien élevé. On ne pouvait pas en dire autant de Kauko Nyyssönen et de ses acolytes.

Vers minuit, Linnea se glissa dans la cuisine, but un verre d'eau tiède et jeta un coup d'œil en direction du sauna par la fente des rideaux. La noce battait son plein. Les beuglements des trois ivrognes s'entendaient à coup sûr jusqu'au village. La honte monta au front de la vieille femme : pourquoi les jeunes d'aujourd'hui ne pouvaient-ils pas faire la fête plus proprement ? Dans le temps, on savait s'amuser avec retenue, du moins la plupart du temps, surtout avant la guerre. Car ensuite, la situation avait été hors normes pendant quelques années, les mœurs s'étaient sans conteste faites plus crues, mais c'était dû à l'amertume de la défaite, pas au fait que les hommes de l'époque aient fondamentalement été des rustres sans éducation.

Peu après l'armistice, le colonel Ravaska avait été prévenu qu'il risquait d'être poursuivi, avec d'autres officiers, pour une affaire de dépôts d'armes secrets ; réunissant ses dernières économies, il s'était réfugié au Brésil, où il s'était taillé une assez bonne place dans les milieux d'affaires, grâce au poste que lui avait obtenu, au bureau de vente d'un fabricant finlandais de papier, l'un de ses vieux amis, le général Paavo Talvela, qui avait pris un peu plus tôt déjà le chemin de l'Amérique du Sud.

À l'époque, beaucoup de patriotes avaient craint que les Russes ne mettent la main sur le pays, et il s'en était effectivement fallu de peu ; Linnea se rappelait encore les prédictions de la députée communiste Hertta Kuusinen. Effrayée par ces menaces, elle avait elle aussi pris le bateau et franchi l'océan afin de rejoindre son mari à Rio de Janeiro. Quelles fêtes ç'avait été, mon Dieu ! Malgré le manque d'argent dont ils souffraient, tous essayaient d'alléger la dureté des temps en organisant à tour de rôle de merveilleuses soirées entre anciens militaires européens. Il y avait alors en Amérique du Sud un certain nombre d'ardents nationalistes finlandais, parmi lesquels de hauts gradés tels que Talvela, et bien sûr des Allemands en rangs serrés, ainsi que quelques Hongrois ayant combattu à leurs côtés et d'autres étrangers contraints de fuir le vieux continent après la victoire des Alliés. Mais elle n'avait jamais rencontré de véritables fascistes, malgré les bruits qui circulaient. Les pires criminels de guerre n'avaient-ils pas été pendus dès la cessation des hostilités, et les autres au plus tard après le procès de Nuremberg ?

Linnea avait toujours eu horreur de la politique. Il lui paraissait vain de s'appesantir encore, des décennies plus tard, sur la fraternité d'armes entre Finlandais et Allemands.

Mais les fêtes étaient joyeuses, elle s'en souvenait. On décrochait parfois à coups de revolver les lanternes vénitiennes des gloriettes, on vidait des bouteilles de vin par dizaines, on faisait la bombe pendant des jours et des jours avant d'en passer autant au lit à ne rien faire, jusqu'à ce qu'il faille enfin songer à se remettre au travail. Mais jamais on ne criait comme ces garçons dans le sauna, ou plutôt si, les anciens officiers avaient quand même de la voix, mais à aucun moment ils ne se laissaient aller à beugler.

Il faut dire ce qui est, le deuxième classe ordinaire, quand il a un coup dans le nez, se met à brailler, tandis que le gradé, même après plusieurs jours de beuverie, rugit tout au plus un peu.

Dans l'étuve, Nyyssönen et ses amis continuaient de boire et de s'échauffer. Les dernières braises étaient éteintes depuis des heures, plus un sifflement de vapeur ne s'échappait des pierres froides malgré les pleines louchées d'eau qu'ils déversaient dessus. Dans les brumes de l'alcool, ils ne s'en rendaient même pas compte ; la cigarette au bec et la bouteille de gnôle à portée de main, ils se frappaient mutuellement le dos avec des rameaux de bouleau dégarnis, en se félicitant de la qualité de la chaleur du sauna de Linnea. Par intervalles, ils sortaient se rafraîchir dans le jardin.

Dans la pénombre laiteuse de la nuit, les trois fêtards versèrent dans l'attendrissement. Kauko Nyyssönen se répandit en louanges sur sa bonne vieille tante Linnea, sans laquelle il ne serait pas même parvenu là où il était. Il expliqua que cette femme admirable l'avait pouponné dés le berceau, sa mère étant ce qu'elle était... Elle s'était occupée de lui comme de son propre fils, car elle n'avait pas eu d'enfant avec son colonel, c'est-à-dire son oncle, Ravaska. Plus tard, quand sa mère était morte, il avait aussi pu compter sur elle. À l'orphelinat, elle venait le chercher pour les vacances d'été, lui cuisinait des petits plats, lui achetait des vêtements et tout.

« Quand je pense qu'elle me rendait visite jusque dans mon centre d'éducation surveillée, et qu'elle m'apportait chaque fois toutes sortes de bonnes choses, se souvint Kake ému.

« Et la première fois que je me suis retrouvé en taule, elle m'a envoyé des colis et de l'argent. Croyez-moi, les mecs, ce n'est pas à vous que ça risquerait d'arriver. »

Kake se lança dans une longue histoire, à propos d'une affaire vieille de dix ans. Il s'était malencontreusement engagé dans une opération qui avait mal tourné, rien ne s'était passé comme prévu, il...

Ses camarades l'interrompirent agacés, ils

connaissaient le coup par cœur, il l'avait raconté plus de mille fois, dès qu'il était un peu bourré. Il s'agissait d'un détournement de fonds qui s'était terminé en vol à main armée et avait foiré dans les grandes largeurs. Kake avait perdu son sang-froid dans un bureau, un soir après la fermeture, avait à moitié tué deux personnes et s'était fait la malle avec quelques milliers de marks.

Nyyssönen rectifia : il avait quand même récolté plus de vingt mille marks ; en plus, la secrétaire et l'espèce de petit chef qui faisaient des heures supplémentaires n'avaient pas été si amochés que ça, ils étaient là pour s'envoyer en l'air et n'auraient donc rien dû avoir à redire, en tout cas en principe, quand ils l'avaient surpris en pleine action, mais les gens sont mesquins, surtout quand ils ne se prennent pas pour de la merde.

Avec l'argent, Kake s'était offert une folle virée à Stockholm et à Copenhague, si arrosée qu'il n'en avait gardé aucun souvenir ; seuls les titres de transport et les notes de bar trouvés dans ses poches lui avaient permis de reconstituer le détail de sa tournée. Sans savoir comment, il avait réussi à clopiner jusqu'à Helsinki, la tête dans un étau, bleu et frissonnant. Son seul refuge avait été l'appartement de Linnea à Töölö, rue Calonius, un endroit agréable au demeurant, avec toutes sortes de vieilles sculptures et peintures, de profonds fauteuils, des rideaux de dentelle aux fenêtres et, dans un coin de l'entrée, perché sur un billot, un moulage en plâtre du maréchal Mannerheim, debout quelque part au nord de la ville de Tampere, pendant la guerre civile, des jumelles sur le ventre et une chapka blanche sur la tête.

Dans l'intervalle, les victimes du casse avaient identifié Nyyssönen et pris contact avec Linnea, exigeant des réparations hors de toute proportion et menaçant même de prévenir la police... un tel tintouin pour quelques bleus, vraiment, c'était incroyable.

Les deux autres connaissaient aussi la fin de l'histoire : la colonelle avait encore une fois sauvé son neveu et promis de le tirer du pétrin en négociant un arrangement, car il risquait d'être condamné à plusieurs années de prison si l'on ne réglait pas l'affaire en versant une forte somme aux plaignants. Kake avait juré de tout rembourser à sa tante, signant même une reconnaissance de dette, et c'était ainsi que Linnea Ravaska avait été contrainte de vendre son appartement de la rue Calonius. Le trois-pièces-cuisine n'avait trouvé preneur qu'à bas prix, et non sans mal, car l'opération était urgente, mais le marché avait été conclu. L'affaire avait été étouffée, Linnea avait acheté une petite métairie dans le village de Harmisto, près de Siuntio, où elle s'était provisoirement installée en attendant que

Kauko Nyyssönen s'acquitte de son dû. Elle avait déboursé plus de cent mille marks, ce qui était à l'époque une somme si astronomique que Kake n'avait pas envisagé un seul instant d'essayer de la réunir.

La colonelle avait bien tenté, à plusieurs reprises, de récupérer son argent. Elle avait invoqué la parole donnée et le papier signé par Kauko Nyyssönen, prié et supplié, mais sans résultat. Kake se refusait à prendre un emploi, ce n'était pas son style, et d'ailleurs comment tirer des centaines de milliers de marks d'on ne sait quel boulot minable ? Linnea n'avait donc aucun sens des réalités ?

Finalement, la vieille femme avait menacé de faire appel aux tribunaux, agitant la reconnaissance de dette sous le nez de son neveu. Mais quel intérêt ? Kake avait rétorqué qu'il ne possédait rien qu'on puisse saisir, que Linnea était elle-même compromise dans cette histoire, puisqu'elle avait acheté le silence des victimes, et que, de toute façon, il était inutile de faire tant de bruit à propos d'un malheureux papelard dont il pouvait à tout moment faire des confettis et les lui carrer dans le cul. Kake avait arraché le document des mains de sa tante et l'avait déchiré en petits morceaux, sans heureusement aller jusqu'à exécuter la dernière partie de sa menace. En pleurant, la colonelle Linnea Ravaska avait ramassé avec une pelle à poussière et une balayette les fragments de la reconnaissance de dette éparpillés sur le plancher de sa maisonnette et les avait portés dans le fourneau de la cuisine. Il y avait déjà plusieurs années de cela.

Après ces événements, la vieille femme avait définitivement perdu toute confiance en son neveu et toute tendresse pour lui. Leurs relations s'étaient tendues, mais Kake Nyyssönen s'en moquait. Il trouvait même plus pratique que sa tante ait quitté Töölö pour Siuntio ; au besoin, il lui était plus facile de se cacher de la police à la campagne qu'à Helsinki, où on ne le connaissait que trop bien. C'était d'ailleurs ce qu'il avait fait plus d'une fois, quand les forces de l'ordre le cherchaient pour l'interroger et le faire comparaître en justice — de ce point de vue, le grenier de la vieille étable de Harmisto était parfait, surtout en été, pour rester des semaines à paresser sans risque d'être arrêté. Et il n'était pas non plus désagréable de venir se mettre au vert avec des copains, sans nécessité particulière, comme cette fois. Qu'en pensaient-ils, n'était-ce pas merveilleux de pouvoir profiter ainsi des beaux jours, avec un bon sauna et quelques petits verres à boire ?

Linnea Ravaska regardait par la fenêtre, ulcérée. De répugnants monstres nus s'ébattaient dans son sauna et sur sa pelouse, l'un d'eux avait vomi sur le sentier, un autre urinait sur ses fleurs. La molle et bedonnante silhouette blanche de

Kauko Nyyssönen titubait dans le jardin, infecte, odieuse et effrayante. Comment avait-elle pu langer ce garçon quand il était bébé, le tenir dans ses bras, changer sa culotte et laver le caca jaune de ses couches ? Mais il était si différent, petit, un enfant sage qui vous regardait droit dans les yeux, et qui l'appelait tantine... ce qu'il faisait d'ailleurs toujours. C'était écœurant.

Linnea songea que si son mari avait encore été de ce monde, il aurait vite mis fin au règne de terreur de ce sinistre pochard. Le colonel Rainer Ravaska était connu pour ses colères, surtout quand il avait bu, et elle était sûre qu'il aurait tiré sans hésiter son pistolet d'ordonnance pour traîner ce vaurien derrière le sauna et l'abattre comme un chien.

4

Il vient toujours un moment où l'on commence à manquer de discernement, puis de boisson.

En vertu de cette loi de la nature, les hôtes de la colonelle Linnea Ravaska conclurent au petit matin qu'ils avaient suffisamment fait la fête entre hommes, sans la compagnie et la sollicitude du sexe opposé ; Linnea ne comptait pas, vu son grand âge. L'on prit donc à l'unanimité et dans l'enthousiasme la décision de partir à la recherche de femmes et — plus indispensable encore — d'alcool.

Les trois larrons se mirent en quête de leurs vêtements ôtés la veille au soir et en retrouvèrent même quelques-uns, qu'ils revêtirent au hasard. Puis ils parcoururent d'un pas incertain, appuyés les uns contre les autres, le sentier menant du sauna au puits et à la maisonnette, se laissèrent tomber dans leur voiture volée et claquèrent les portières en rugissant d'un air menaçant.

Linnea Ravaska, réveillée en sursaut par le hurlement du moteur, se leva pour aller à la fenêtre et vit la berline rouge filer sur l'étroit chemin de terre en direction du village. Les jeunes peupliers qui bordaient la route continuèrent de trembler et de s'agiter longtemps encore après que le bruit se fut tu. La vieille femme espérait du fond du cœur que ses visiteurs avaient décidé de rentrer à Helsinki. Elle sortit et appela son chat, qui se risqua enfin à quitter son refuge sous l'étable pour la suivre, tandis qu'elle traversait la pelouse humide de rosée pour aller vérifier au sauna s'ils étaient définitivement partis.

Une triste surprise l'attendait. Le désordre était immonde : l'étuve était jonchée de feuilles et de brindilles de bouleau, le couvercle de la cuve avait disparu, il y avait des paquets de cigarettes vides et des bouteilles cassées sur les gradins et sur le sol, de la bougie fondue sur les pierres du foyer, des vomissures dans la bonde.

Dans le vestiaire traînaient quelques vêtements d'homme, ce qui signifiait que le brusque départ de tout à l'heure n'était que provisoire et que Kauko Nyyssönen et sa bande reviendraient continuer leur fête à la métairie.

La conquérante campagne matinale des trois jeunes mâles s'étendit à tout l'ouest du département d'Uusimaa : ils mirent d'abord le cap sur Nummela, dans le canton de Vihti, mais n'osèrent pas s'y arrêter, conscients d'être trop soûls pour pouvoir descendre de voiture sans se casser aussitôt la figure sur le trottoir. Ils décidèrent donc d'éviter les lieux trop fréquentés ; contournant les agglomérations, ils prirent la direction de Hanko. Arrivés à Virkkala, ils firent un crochet par l'île de Lohja, qu'ils sillonnèrent en réclamant à tue-tête des filles et de l'alcool : n'obtenant pas des fermes endormies l'écho qu'ils espéraient, ils renversèrent des dizaines de mètres de clôture et pissèrent dans quelques boîtes aux lettres.

La jauge d'essence commençait à baisser, mais il n'était pas question d'aller faire le plein dans une station ouverte en permanence, le pompiste aurait été capable de signaler à la police la présence d'automobilistes en état d'ébriété. Heureusement, il se trouve encore en Uusimaa des garages fermés la nuit : du côté de Karkkila, ils tombèrent enfin sur l'un d'eux.

Fracasser les portes vitrées, fracturer la caisse, fourrer les bières et les sandwichs œuf-anchois du réfrigérateur dans un sac en plastique, se servir de mélange deux-temps à la pompe à bras après en avoir réduit la ridicule serrure en miettes avec une barre de fer trouvée dans l'atelier de réparations — tout cela ne prit qu'un instant.

« Ça fume un peu, la tisane à mob, mais au moins le moulin ne risque pas de gripper si on le pousse », se réjouirent les invités de la colonelle Linnea Ravaska. Le plein fait, ils jetèrent leurs paquets dans la voiture et reprirent leur route.

Mieux valait ne pas traîner. Il avait fallu, derrière le comptoir, tuer le berger allemand à qui le propriétaire de la station-service avait, comme souvent, confié la garde de ses biens. Pera lui avait défoncé le crâne d'un coup de cric et Jari lui avait tranché net la queue avec son cran d'arrêt. Une demi-douzaine de kilomètres plus loin, les trois hommes s'arrêtèrent près d'une carrière de sable pour se rassasier de bière fraîche et de sandwichs. Quelque part, un engoulevent chantait, l'instant était magique. Au pied de la sablière, Pera trouva un rouleau de fil de fer rouillé avec lequel il attacha l'épaisse queue du chien-loup à l'antenne radio de la voiture. Elle se déploya, flottant au vent, grandiose étendard touffu de la force et de la liberté.

Sur le chemin du retour, ils s'en prirent, au nom de l'humour et de l'écologie, à un péquenot matinal qui s'apprêtait à pulvériser dans son verger un dangereux pesticide. Ils arrachèrent le bonhomme à la cabine de son tracteur et lui boxèrent le chou jusqu'à ce qu'il tombe, au sens propre, dans les pommes. Dans un élan de pitié, ils lui glissèrent ensuite deux boîtes de bière froide dans le caleçon afin de faciliter son réveil.

Ils prirent aussi soin de conduire le tracteur dans les bois, suffisamment loin de la ferme pour qu'on ne l'entende pas, puis massacrèrent les phares, laissant le moteur tourner.

D'après leurs calculs, le plouc en aurait pour une bonne demi-journée à transbahuter du gazole, à supposer qu'il retrouve son précieux Zetor enfui parmi les ours et les élans.

L'équipée ne s'arrêta pas là. Dans le village voisin, les trois jeunes gens se mirent en tête de visiter une porcherie, où ils s'extasièrent devant les adorables petits cochons. En partant, ils jetèrent sur leurs épaules un dodu porcelet de deux ou trois mois, qu'ils fourrèrent tout gigotant dans le coffre de la voiture.

Le goret terrifié hurlant dans l'obscurité de la malle arrière, la berline reprit à folle allure la direction de Harmisto. Jari Fagerström jouait les as du volant, Pera lisait la carte. Dans la nuit d'été, ils improvisèrent un rallye sur de sinueux chemins de terre et, comme il fallait s'y attendre, le chauffeur ivre finit par perdre le contrôle de son véhicule. L'auto rouge plongea droit dans la forêt, faucha une dizaine de jeunes bouleaux et termina sa course sur le toit. Pendant un moment, on n'entendit que le tintement du verre brisé et les cris du cochon, puis les trois hommes, couverts de bleus, rampèrent hors de l'épave. Aucun n'était gravement blessé, il y avait décidément un dieu pour les ivrognes. Ils remirent aussitôt la voiture sur ses roues, mais ne parvinrent pas à l'extraire du sous-bois et à lui faire regagner la route, le terrain était trop irrégulier et le fossé trop profond, leurs forces n'y suffisaient pas. Jari entreprit donc de se livrer à son sport favori, le cassage de bagnoles. Il aplatit le capot contre de gros pins, reculant à chaque fois pour prendre de la vitesse, jusqu'à ce que l'épave soit raccourcie d'un mètre. Dans l'affaire, le coffre se trouva lui aussi transformé en accordéon et le porcelet écrasé rendit l'âme. Les rescapés eurent fort à faire pour extraire sa carcasse de l'amas de tôles et lui couper la tête, avant de partir au petit bonheur à travers bois, à pied, vers la métairie de la colonelle.

Les bières, les sandwichs et le cochon ralentissaient leur marche, si bien qu'ils ne parvinrent chez Linnea qu'au matin.

La vieille femme s'était préparée à leur retour et, se doutant qu'ils seraient d'assez méchante humeur, avait fait du café serré et traîné sur la pelouse la table ronde de la salle. Elle y avait servi un petit déjeuner pour trois, dans l'espoir de les amadouer suffisamment pour qu'ils ne mettent pas la maison sens dessus dessous.

La troupe déguenillée, contusionnée et couverte de sang de goret surgit de la forêt tels les restes d'une armée en déroute. C'était une triste équipe, péniblement en train de dessoûler. Bougons, les trois hommes s'assirent pour manger, et annoncèrent à Linnea qu'elle avait un porc à dépecer. Ils avaient fait leur devoir, la maisonnée ne manquait plus de viande.

Linnea traîna la carcasse dans l'étable, alla chercher un couteau, une hache et de l'eau chaude et entreprit de racler la couenne du cochon. Elle pleurait.

La rude soirée au sauna et la mise à sac de vastes régions du département avaient épuisé les forces des trois braillards. Après avoir avalé le petit déjeuner préparé par Linnea, ils se laissèrent tomber de-ci de-là sur la pelouse pour dormir.

Pendant une paire d'heures, un calme relatif régna sur les lieux. Mais quand le soleil du matin commença à taper, le trio s'éveilla avec de nouvelles exigences. Linnea dut faire chauffer de l'eau dans la cuve du sauna afin que ces messieurs puissent se laver. Constatant ensuite que l'heure du déjeuner approchait, les hôtes de la colonelle débitèrent en morceaux les débris de la balancelle et firent un grand feu au milieu du jardin. Il s'agissait d'organiser un barbecue royal, puisqu'il y avait là un cochon proprement préparé et des convives affamés. Derrière l'étable, ils trouvèrent une vieille machine à affûter dont ils brisèrent la meule à coups de barre de fer pour en récupérer la manivelle rouillée. Ils traînèrent la carcasse de porc jusqu'au feu, la transpercèrent et l'enfilèrent sur leur tournebroche improvisé. Puis ils délogèrent quelques grosses pierres de la bordure de fleurs du perron pour caler le tout — le rôtissage pouvait commencer. Les trois hommes ordonnèrent à Linnea d'aller acheter au village des épices à barbecue, de la moutarde et au moins vingt boîtes de bière, mais la vieille femme protesta qu'elle n'avait pas d'argent. Il s'ensuivit un épouvantable tollé. Kake déclara qu'elle ne pouvait pas être aussi pauvre qu'elle le prétendait. Où avait donc disparu le reste de l'argent de la vente de l'appartement de la rue Calonius ? Elle n'allait quand même pas prétendre qu'il était passé dans l'achat de cette misérable bicoque et dans ce qu'elle lui avait prêté dans le temps ? Elle avait à coup sûr planqué au moins cent mille marks. Inutile d'espérer leur faire avaler qu'elle avait dépensé de telles sommes dans ce trou perdu où il n'y avait même pas de restaurant.

Préférant éviter toute querelle, la colonelle Ravaska promit d'acheter à crédit les condiments et les bières exigés. Peut-être l'épicier accepterait-il d'ouvrir un compte à une vieille cliente qui habitait le village depuis des années.

Linnea réussit effectivement à se faire servir. Le patron lui demanda comment allaient ses visiteurs de la veille. Ils étaient passés faire des courses chez lui, de l'essence et de la bière, et on avait entendu dans la nuit pas mal de cris et de rugissements de moteur. La vieille dame n'était pas vraiment d'humeur à s'étendre sur la question, elle déclara brièvement qu'elle en avait plus qu'assez du neveu de son défunt mari et de ses amis. Elle avait toujours eu confiance dans la jeunesse mais, depuis quelques années, elle commençait à se demander s'il y avait de quoi.

La vendeuse fit remarquer qu'à la campagne, en tout cas, on trouvait encore de bons petits. La colonelle Ravaska se permit d'en douter.

L'épicier, qui était d'un naturel serviable, proposa à sa cliente de la raccompagner en voiture, avec son lourd chargement de bière. N'osant pas la conduire jusqu'à sa porte, il la laissa à une centaine de mètres de la métairie, expliquant qu'il ne voulait pas se mêler de ce qui ne le regardait pas.

Linnea coltina seule ses courses sur le reste du chemin, faisant halte plusieurs fois pour souffler. Il fallait bien avouer que l'âge commençait à lui peser : terrorisée, elle n'avait pas fermé l'œil de la nuit, puis, dans la matinée, elle avait traîné la table dehors et préparé le petit déjeuner avec ses maigres provisions, avant d'échauder, de racler et d'éviscérer une carcasse de porc entière, de faire chauffer de l'eau dans le sauna et enfin de trimbaler une pesante cargaison de bière. Elle sentait qu'elle souffrirait bientôt de nouveau de palpitations si elle ne parvenait pas à prendre du repos.

La journée s'avéra encore plus effroyable que la précédente. Kake déclara à sa tante qu'il était temps qu'elle fasse son testament ; ne se rendait-elle pas compte qu'elle se faisait vieille ? Il en avait déjà été question, non ? Le problème était qu'il ne pouvait hériter de ses biens sans legs, leur parenté était trop lointaine... Pendant que la vieille femme faisait les courses, ses invités n'étaient pas restés inactifs. Ils avaient trouvé dans la maison un stylo et du papier et avaient rédigé un document en bonne et due forme auquel il ne manquait plus que sa signature. Pera Lahtela et Jari Fagerström étaient prêts à valider l'acte en qualité de témoins, et Kauko Nyyssönen promit de s'occuper dès son retour à Helsinki de le faire enregistrer au greffe du tribunal, si c'était bien là qu'il fallait s'adresser. Il se renseignerait plus précisément.

Il ne manquait plus que ça, songea amèrement Linnea. Elle demanda un délai de réflexion : elle était parfaitement saine de corps et d'esprit, après tout, et voulait elle-même choisir ses légataires.

Les tergiversations de la colonelle furent accueillies par des ricanements ; Pera et Jari, surtout, clamèrent en chœur qu'ils étaient bien d'accord, la vieille avait tous ses esprits, aucun doute là-dessus. Chez les femmes, l'âge accroît la sagesse, c'est bien connu.

Les trois hommes reportèrent leur attention sur le cochon en train de griller sur sa broche, lui badigeonnèrent les flancs avec les épices à barbecue et le frottèrent de sel et de moutarde. Les restes de la balancelle ayant fini de brûler, Jari alla arracher des planches au couvercle du puits. Quand Linnea tenta de l'en empêcher, furieux, il lui donna une bourrade qui la fit tomber de tout son long sur la pelouse, puis fila chercher dans la salle la chaise de la coiffeuse, la brisa d'un geste provocateur contre le coin du perron et jeta les morceaux au feu.

Linnea se releva, tremblante de rage et d'humiliation, et rentra en boitillant dans la maison. Elle fourra dans son sac à provisions quelques vêtements de ville, sa trousse de maquillage, ses papiers les plus importants, et le porta derrière l'étable. Quand ses visiteurs lui demandèrent ce qu'elle fabriquait, elle répondit qu'elle s'apprêtait à faire la lessive. Kake trouva l'idée excellente, elle pourrait laver leurs fringues par la même occasion, elles étaient couvertes de boue et de sang de cochon, et aussi les raccommoder un peu.

La colonelle ne répondit rien.

Mais avant de s'occuper du linge, Linnea fut contrainte de signer son testament. Une larme de colère coula de ses yeux sur le papier, heureusement sans que Kake le remarque, car il y aurait encore trouvé matière à des réflexions désobligeantes.

Une délicieuse odeur de cochon cuit à point flottait sur le jardin, les trois hommes se taillèrent à coups de cran d'arrêt d'épaisses tranches de viande qu'ils avalèrent si goulûment qu'ils en oublièrent un instant la vieille colonelle. Cette dernière alla fermer à clef la porte de sa métairie et partit à la recherche de son chat, qu'elle finit par trouver dans le grenier de l'étable. L'animal semblait terrifié — se pouvait-il qu'il ait à nouveau été martyrisé pendant que sa maîtresse allait au ravitaillement?

La colonelle Linnea Ravaska prit son matou sous son bras, se glissa derrière l'étable, empoigna de l'autre main son sac de vêtements et se dirigea sur la pointe des pieds vers la forêt. Le jardin retentissait du tapage enthousiaste des convives occupés à découper avec appétit le porcelet embroché et à s'humecter le gosier de bière. À la lisière des bois, la vieille femme regarda une dernière fois sa petite maison rouge. Son regard était chargé d'une infinie fatigue, mais aussi d'une inextinguible haine.

5

La colonelle Linnea Ravaska s'enfonça dans la forêt par un sentier ombreux, son chat trottinant sur ses talons. Derrière elle, venant de sa fermette, résonnèrent un moment encore de faibles échos de beuglements d'ivrognes, bientôt couverts par la riche et miséricordieuse mélodie des chants d'oiseaux. La vieille veuve, peinant sous le poids de son sac de vêtements, fit une nouvelle pause au pied des arbres. Elle retira ses sandales afin d'éviter qu'elles ne se mouillent sur le chemin humide, caressa négligemment son matou et poursuivit sa route, s'éloignant toujours plus profondément dans les bois. Elle avait fui sa maison sur un coup de tête, comme à l'aveuglette, mais elle savait maintenant ce qu'elle devait faire.

Il lui fallait, pour commencer, s'habiller plus décemment. Après sa nuit d'insomnie, et surtout le raclage du cochon, ses vêtements de tous les jours étaient dégoûtants, elle ne pouvait pas se

montrer dans de telles guenilles. Elle avait sûrement aussi une mine affreuse, à cause de la peur
et du manque de sommeil. La vieille colonelle fit
halte au bord du sentier, ouvrit son cabas, sortit
son nécessaire de toilette et s'aperçut dépitée
qu'elle avait oublié, tant son départ avait été précipité, de se munir d'un miroir. Elle en possédait
pourtant plusieurs, un au mur de la salle, un
autre dans le sauna et un dernier, de poche, dans
le tiroir de sa commode. C'était précisément
celui-là qui lui manquait maintenant.

Linnea remit ses affaires dans son sac et poursuivit son chemin. Elle connaissait bien cette
belle forêt et, à la fourche suivante, elle s'engagea
avec son chat dans la sente la moins fréquentée.
Elle parvint bientôt à une petite clairière où
poussaient de hautes laîches. Au milieu, une
source alimentait un étang de la grandeur d'un
are, à l'eau claire et délicieusement fraîche. À
l'orée des arbres, une vieille grange en rondins
gris menaçait ruine. Haut dans le ciel clair, invisible, une bécassine des marais bêlait.

La vieille femme disposa soigneusement son
cabas et ses affaires au sec, dans l'herbe au bord
de l'eau, scruta un instant les alentours, puis
s'accroupit à l'abri des joncs pour se déshabiller.
Elle se débarrassa de tous ses vêtements sales et
les glissa dans un sac en plastique qu'elle rangea
au fond de son bagage. Puis elle s'assura une
dernière fois qu'elle était seule et se coula lente-

49

ment dans l'onde. Elle nagea sans bruit jusqu'au centre de l'étang, laissant les froids courants du fond masser ses jambes fatiguées et son vieux corps parcheminé de veuve, malgré tout encore d'une remarquable fermeté. Au bout d'un moment, elle regagna la rive d'une brasse tranquille, sortit de son cabas un savon parfumé et du shampoing et entreprit de se laver dans l'eau limpide. Elle fit mousser ses cheveux, se savonna entièrement le corps et se rinça par deux fois en traversant lentement l'étang à la nage. Puis elle remonta sur la berge, laissant l'eau s'égoutter de ses membres et le soleil sécher sa peau.

Linnea se sentit soudain parcourue des mêmes picotements que jadis, quand elle était jeune fille, était-ce en 1943, l'année où Ester Toivonen avait été élue Miss Europe, oui, ce devait être ça... l'été avait été très beau, comme tous les étés de l'époque. Elle avait quitté Helsinki, avec sa mère, pour des vacances à Vyborg; elles étaient même allées à Terijoki et s'étaient de nombreuses fois baignées dans la mer. L'eau était aussi froide que cet étang — elle s'était souvent demandé pourquoi la température de la mer était inférieure à celle des lacs, alors que l'hiver elle gelait moins profondément, c'était curieux. Cela dit, les sources ne gelaient pas non plus.

À Terijoki, Linnea Lindholm avait rencontré

pour la première fois le lieutenant Rainer Ravaska. Ce dernier était passionné par tout ce qui touchait aux affaires militaires, il avait été nommé secrétaire, ou était-ce adjudant, de la commission d'inspection des travaux de fortification. Linnea se rappelait comment il lui avait parlé, sous le sceau du plus absolu secret, de choses auxquelles elle n'avait rien compris : les installations de défense construites quelque part à Inkilä, les batteries d'artillerie blindées, les casemates... les canons de marine Oboukhov de 47 mm que l'on devait y installer. Rainer, qui se voulait progressiste, aurait été partisan de mitrailleuses Vickers de 12 mm, dont la puissance de tir meurtrière était bien supérieure à celle des vieux Oboukhov... Le jeune officier lui avait fait jurer de ne pas souffler mot de ces projets ultra-confidentiels. Dans les allées ombragées de Terijoki, il avait été facile de tout promettre.

Cause toujours, soldat, avait songé Linnea sur le moment ; les secrets militaires ne l'intéressaient pas le moins du monde mais, plus tard, elle s'était rendu compte de son erreur. Les hommes ne parlent jamais que de leurs affaires. S'ils sont gens de guerre, ils s'emballent pour des histoires de troupes et d'armes, s'ils sont poètes, ils parlent prosodie et lisent leurs vers, et s'ils sont médecins, comme Jaakko, ils décrivent des maladies effroyables et pontifient sur leur traitement, comme si les plaies mortelles qui affligent l'humanité étaient un sujet de conversation éminemment passionnant.

Pourtant, grâce à ce trait particulier de la gent masculine, Linnea avait acquis pendant son mariage une remarquable somme de connaissances martiales, d'abord sur ce qui occupait l'esprit des sous-officiers, puis sur des questions stratégiques de plus en plus complexes, au point qu'elle pensait parfois en savoir à peu près autant sur l'art militaire qu'un commandant affecté à l'état-major général.

Le jeune lieutenant Ravaska était d'une gravité si émouvante, dans son enthousiasme pour tout ce qui touchait aux tueries, que Linnea avait ressenti pour lui un attachement presque maternel. D'autant qu'il était plutôt beau gosse, en uniforme. Sans ses vêtements, l'impression s'effaçait. Sur la plage, Linnea l'avait observé déshabillé ; c'était étrange comme les militaires avaient l'air ordinaire, une fois nus. Mais, après la baignade, tandis qu'ils se séchaient au vent et au soleil, elle s'était dit qu'elle l'épouserait bien, tout compte fait.

Ah ! cette fraîcheur de la brise marine sur la peau mouillée d'eau salée ! Linnea aurait aimé rester jusqu'au crépuscule allongée sur le sable avec son lieutenant, mais la sœur de ce dernier, qui l'accompagnait en Carélie, était chaque fois venue les trouver pour les presser de rentrer, dans un pavillon de la plage, ou à la villa, ou à l'hôtel. Cette Elsa, qui s'appelait encore Ravaska à l'époque, avait été son éternel oiseau de malheur, dès le premier instant, songea-t-elle. Une écervelée aux nerfs fragiles, stupide et paresseuse, qui avait perdu pied à la fin de la guerre et ne s'en était jamais vraiment remise. Elle avait pourtant réussi, sur ses vieux jours, à épouser un pitoyable raté, un certain Nyyssönen, et à lui donner un fils. Une folie. Kauko était né en 1958, Elsa avait alors déjà plus de quarante ans. Linnea essaya de compter plus précisément : la sœur de Rainer avait six ans de moins qu'elle, oui, elle devait donc avoir quarante-deux ans. Il avait bien sûr fallu une césarienne. L'accouchement avait encore affaibli Elsa, tant physiquement que mentalement. Les complications avaient été nombreuses. Peut-être n'y avait-il rien de surprenant à ce qu'était devenu Kauko Nyyssönen.

La colonelle revint d'un coup à la réalité. Elle prit sa trousse de toilette, s'enduisit avec précaution le corps de lait hydratant, s'aspergea de quelques gouttes de parfum aux endroits stratégiques et revêtit ses dessous, puis un tailleur bleuté. Elle se massa le cuir chevelu avec une crème traitante et se coiffa, laissant ses fins cheveux tomber librement sur ses épaules. Pour finir, elle se maquilla le visage : une mince couche de fond de teint translucide « Myrica galé », un nuage de poudre invisible et, sur les joues ainsi que très discrètement sur le front, du blush « Framboise ». Sur les paupières, un trait de « Harpe éolienne » et un soupçon d'ombre azurée, du vernis à ongles « Cristal de roche » et du rouge à lèvres satiné.

Tout cela prit du temps, surtout compte tenu des circonstances, en pleine forêt. Linnea dut se pencher dangereusement au-dessus de l'étang pour se mirer dans l'eau mais, avec de la patience, le résultat obtenu lui parut satisfaisant, voire particulièrement réussi. Difficile d'imaginer qu'il s'agissait de la même vieille femme que celle que l'on avait obligée le matin même à éviscérer un cochon dans l'étable obscure d'une ancienne métairie.

Aux yeux de la colonelle Linnea Ravaska, l'on pouvait à bon droit comparer le maquillage à des préparatifs militaires. La Finlande, par exemple, avait été surprise par la guerre d'Hiver le visage presque nu, telle une fille de ferme naïve qui, jetée dans la grande ville à la merci de riches messieurs, y laisse sa vertu. Lorsqu'elle avait repris l'offensive, par contre, la Finlande s'était soigneusement apprêtée, peut-être même trop ; elle s'était fardée d'une épaisse couche de peinture de guerre, aux couleurs crues et agressives... elle avait négligé de se laver, masquant son odeur de sueur sous un lourd parfum allemand de fille de mauvaise vie. Tant en matière d'armement que de maquillage, les nations et les femmes avaient intérêt à faire preuve d'une certaine retenue, face au danger, pour ne pas perdre leur vertu ou leur indépendance et ne pas devoir verser en vain leur sang ou leurs larmes amères.

Quand elle eut fini, Linnea Ravaska rangea ses affaires dans son sac et appela son chat. Puis elle reprit le sentier en sens inverse, sur une petite distance, avant d'obliquer dans le sous-bois. Quelques minutes plus tard, elle parvint à la voie de chemin de fer. Le matou sauta sur un rail, la vieille dame allongea le pas pour marcher sur les traverses, de peur d'érafler ses chaussures contre le ballast.

Pour la première fois depuis longtemps, elle se sentait l'esprit léger. Sans doute était-ce dû à son bain dans l'étang et à la beauté qu'elle s'était refaite. Elle s'était préparée au combat, avec ses armes de femme. Il lui fallait retrouver sa fierté systématiquement foulée aux pieds sans scrupule depuis des années.

La voie ferrée mena bientôt la vieille colonelle à la gare désertée de Harmisto, dont elle contourna les charmants bâtiments en bois pour se rendre à l'épicerie du village, où son élégante allure attira quelque peu l'œil des rares clients et du patron. Elle demanda la permission d'utiliser le téléphone de l'arrière-boutique.

Linnea Ravaska appela la police. Elle expliqua qu'elle vivait depuis plusieurs années déjà sous le joug d'une terreur inhumaine, et qu'elle avait finalement été contrainte le jour même de fuir à travers bois sa propre maison. Déclarant qu'une bande d'ivrognes occupait le jardin de sa petite propriété depuis plus de vingt-quatre heures, offensant la pudeur et se livrant à des actes de barbarie, elle demanda que l'on vienne arrêter ces misérables, que l'on ouvre une enquête pénale sur leurs méfaits et qu'on les traîne devant les tribunaux.

Le brigadier de service se plaignit du manque de main-d'œuvre. Était-ce vraiment urgent? Y avait-il eu coups et blessures? L'affaire ne relevait-elle pas plutôt de la justice civile, puisqu'il ne s'agissait après tout que de la visite estivale, peut-être un peu turbulente, d'un parent éloigné et de ses camarades? Madame la colonelle était-elle sûre de ne pas exagérer?

Linnea se déclara certaine que les trois garçons s'étaient au moins rendus coupables de conduite en état d'ivresse et de vol; ils s'étaient appropriés, au minimum, une voiture et un porcelet. Le véhicule, d'après leurs dires, gisait à l'état d'épave dans un fossé, et le cochon avait été tué. Ils avaient également commis des déprédations chez elle, et l'avaient obligée à signer un testament falsifié. Et ils avaient tous un casier judiciaire chargé. Cela ne suffisait-il pas pour intervenir?

D'après le permanencier, il sévissait aujourd'hui dans le pays tant de bandes de ce genre que les effectifs de la police ne suffisaient pas à les pourchasser toutes. Mais il ferait tout ce qui était en son pouvoir.

La conversation terminée, le brigadier annonça à son collègue qu'il avait de nouveau eu au bout du fil une vieille hystérique. Son neveu avait un peu fait la fête dans son sauna et la mémé avait pété les plombs. Sans doute fallait-il envoyer une patrouille.

Une voiture de police se gara une demi-heure plus tard devant l'épicerie. Trois agents en uniforme vinrent sans se presser s'enquérir de ce qui se passait. Linnea leur expliqua la situation, le boutiquier ajouta que s'ils avaient l'intention d'aller à la métairie, ils avaient intérêt à dégainer leurs armes. Édifiés, les représentants de l'ordre se firent montrer le chemin de la fermette et partirent en voiture dans la direction indiquée. Juste avant d'arriver, ils branchèrent leur sirène, incitant les grilleurs de cochon à s'égailler au plus vite dans la forêt.

Les gardiens de la paix examinèrent les lieux et constatèrent soulagés que les supposés fauteurs de trouble avaient disparu. Ils rapportèrent les faits par radio à la permanence, demandant des instructions. La patrouille reçut pour mission d'appréhender le trio qui avait écumé la région ou, à défaut, d'établir au moins un périmètre de sécurité.

Deux des agents firent au pas de course une inspection de routine dans les bois les plus proches, le troisième lança par haut-parleur quelques sommations de se rendre. Mais la nature resta silencieuse, seuls de petits oiseaux chantaient à pleins poumons dans les sapinières.

Kauko Nyyssönen, Pertti Lahtela et Jari Fagerström s'étaient dispersés en habitués dans les profondeurs de la forêt. Kake, après avoir assez longtemps couru, arriva par un sentier à une clairière ; une mare s'étendait en son centre et une vieille grange vermoulue se dressait à l'ombre des arbres. Il s'allongea dans les hautes herbes, les dents serrées. Amer, il songea à Linnea — c'était forcément elle qui avait alerté les forces de l'ordre. La vieille le regretterait.

Sa triste vie défila dans son esprit : on le persécutait sans trêve, jamais on ne le laissait libre de mener une existence digne de ce nom. Quoi qu'il fasse, il finissait toujours par tomber sur la police, être traîné devant un juge et moisir en prison. Mais cette fois, c'en était trop, sa propre tante s'acharnait sur lui ! Linnea était-elle vraiment assez folle pour avoir osé lancer la maréchaussée à ses trousses ? Il se rappela le bien qu'il avait encore dit d'elle à ses copains, pas plus tard qu'hier. Et voilà comment elle le remerciait ! Ô monde cruel ! Une bordée de jurons lui monta aux lèvres.

Kauko Nyyssönen tira de la poche de son jean

le testament signé par Linnea Ravaska. Assoiffé de vengeance, il se promit que le papier coûterait cher à la vieille.

Déprimé et complètement soûl, Kake resta étendu sur le ventre dans l'herbe bordant l'étang. Il fourra le testament dans son portefeuille, où il restait encore heureusement une liasse de billets de la perfide Linnea. Il la haïssait du fond du cœur, nom de Dieu, à cet instant précis. Il n'arrivait pas à comprendre que qui que ce soit, et encore moins une femme, livre la chair de sa chair aux flics. C'était insensé.

Sous le nez de Kake, au milieu des joncs, gisait une boîte en plastique bleu. Il l'ouvrit, elle contenait un odorant savon parfumé. Qu'est-ce que c'était que ce bordel? se demanda-t-il méfiant. Il ne lui vint pas à l'idée que la savonnette avait pu être oubliée là par sa tante. Il empoigna la boîte et la jeta dans la forêt, loin derrière la grange. Puis il but dans l'étang. Dommage qu'il n'ait pas eu le temps d'emporter une bière, l'eau avait tendance à ne pas bien étancher la soif. Pour finir, Kake pissa dans la mare, longuement et rageusement.

Les policiers, n'étant pas parvenus à arrêter les suspects, restèrent à la métairie veiller au maintien de l'ordre. Leur mission prit un attrait nouveau quand ils découvrirent au milieu du jardin un appétissant cochon grillé à demi dévoré qui se balançait sur sa broche au-dessus d'un lit de braises. Ils allèrent chercher dans l'étable et dans le bûcher quelques cageots à pommes de terre pour poser leurs fesses et entreprirent de se tailler de grasses tranches de porc. Comme exprès pour eux, une table était dressée sur la pelouse, avec de la bière, de la moutarde et des épices à barbecue. Ils constatèrent qu'ils commençaient à avoir faim et s'attablèrent pour déjeuner dans l'aimable décor estival.

La colonelle Linnea Ravaska n'osa pas retourner à sa métairie. Elle confia son matou aux bons soins de la famille du boutiquier, paya sa facture de bière du matin, appela un taxi et pria le chauffeur de la conduire à Helsinki.

Elle n'eut pas un regard en arrière quand la voiture démarra. Son chat resta à miauler sur le perron de l'épicerie-bazar du village de Harmisto.

6

À Helsinki, la colonelle Linnea Ravaska donna
au chauffeur de taxi l'adresse du docteur Jaakko
Kivistö, rue Döbeln, à Töölö, mais le pria de passer d'abord par la rue Calonius — elle voulait
revoir son ancien immeuble, pour la première
fois depuis longtemps. Elle dut cependant lui
indiquer le chemin, car comment un campa-
gnard de Siuntio aurait-il su se repérer dans la
grande ville.

La canicule pesait sur les rues, mais il n'y
régnait pas le même silence de mort que jadis au
cœur de l'été. Dans le temps, dès l'arrivée des
beaux jours, les habitants désertaient en masse le
quartier pour leurs villas ; il ne restait plus guère
sur place que les fonctionnaires, à cause de leur
travail, et naturellement les ouvriers, bien qu'il
n'y en eût guère à Töölö, le petit peuple préférait
habiter Hakaniemi ou Sörnäinen.

Linnea demanda au chauffeur de remonter
lentement la rue Calonius, afin qu'elle ait le

temps de jeter un coup d'œil à la façade de son ancien appartement, au troisième étage. Les rideaux avaient changé! Elle reconnaissait bien les fenêtres, mais il y pendait maintenant de hideuses tentures vert sale... là où elle avait eu, côté rue, des voilages blancs élégamment drapés sur le côté.

Le dernier été de la guerre lui revint en mémoire. Les plus terribles combats de l'isthme de Carélie étaient passés, on parlait de trêve. Rainer avait obtenu une permission et était à Helsinki. Il avait invité à la maison quelques amis officiers allemands, pour une sorte de dîner d'adieu. Linnea s'était occupée du repas. La pénurie était telle que l'on ne trouvait rien de bien bon et l'ambiance, du fait des tristes nouvelles en provenance du front de l'Est, n'était de toute façon pas très gaie. L'on avait, de ce fait, bu plus que de coutume. Si bien que, dans la nuit, l'un des capitaines présents avait décidé de se tuer. Il avait réussi à ouvrir la fenêtre de la cuisine, côté rue, et se préparait à sauter du troisième étage. Face à cet imminent péril, Linnea avait craint le scandale. Les soldats allemands mouraient certes par millions, à l'époque, mais il eût été fort regrettable que l'un d'eux fasse le grand voyage sous ses fenêtres.

Au dernier instant, elle avait saisi la manche du suicidaire, mais celui-ci s'était dépouillé de sa veste d'uniforme et élancé de la fenêtre de la cui-

sine dans le vide. Linnea n'avait eu que le temps
de le rattraper par ses bretelles, qui, par extraor-
dinaire, avaient résisté, mais le capitaine allemand pesait beaucoup plus lourd qu'elle et elle
avait été soulevée de terre jusque sur l'appui de
fenêtre, où elle était restée coincée à hurler au
secours, tandis qu'il pendait un peu plus bas,
contre la façade de l'immeuble, étreignant la
gouttière en tôle. Il avait regretté son geste aussitôt après avoir sauté et suppliait Linnea de ne pas
lâcher prise.

Le colonel Ravaska était descendu en courant
dans la rue, avec deux autres officiers, pour
réceptionner le capitaine suspendu qui avait
commencé à glisser lentement le long de la gouttière. Ses bretelles s'étaient détendues jusqu'à
mesurer près de deux mètres. Finalement, les
boutons avaient cédé et il avait dévalé dans les
bras qui l'attendaient en bas. Il s'était bien
entendu trouvé des badauds pour passer par là.

L'incident, mineur en soi, avait fait l'objet de
plaisanteries cruelles qui, tout le reste de l'été et
de l'automne, avaient circulé en ville, et en particulier dans les milieux militaires, conduisant
finalement l'Allemand en question à se tirer une
balle dans la tête. Peut-être le résultat final de
longues années de combat avait-il aussi joué un
rôle dans sa décision, toute cette guerre mondiale l'avait profondément déçu. Avant les hostilités, il possédait paraît-il une boulangerie pros-

père, quelque part dans le sud de l'Allemagne. Une bien triste histoire, au total, d'autant que le capitaine, avant sa tentative de suicide, avait eu le temps d'inviter les Ravaska à lui rendre visite une fois la guerre finie. Sa tragique disparition avait annulé le voyage.

Tandis que Linnea se remémorait l'épisode, le taxi était arrivé à destination rue Döbeln. La colonelle paya la course, traîna son sac jusqu'à l'ascenseur et monta au cinquième. Une plaque de cuivre ornait la porte : Jaakko Kivistö, médecine générale.

Le docteur accueillit avec plaisir sa vieille amie. Il était veuf depuis déjà longtemps et vivait seul dans son grand appartement, dont une partie lui servait de cabinet. Il avait maintenant plus de soixante-dix ans, et il expliqua qu'il avait renoncé à sa secrétaire médicale. Il ne prenait plus de nouveaux patients depuis des années, mais tenait à accompagner jusqu'à la tombe ses fidèles clients encore en vie.

Linnea se fit la remarque que son ancien amant et médecin avait encore vieilli depuis leur précédente rencontre, un an plus tôt. Elle se garda cependant bien de le lui dire, car elle ne voulait pas le blesser et éprouvait toujours une certaine affection pour cet homme de haute taille, au teint pâle, au crâne dégarni et à la voix cassée.

Elle exposa le but de sa visite : en plus de son

examen médical annuel, elle avait besoin de quelques conseils, et peut-être aussi d'un peu d'aide. Jaakko Kivistö lui assura qu'elle pouvait compter sur lui. Linnea ajouta qu'elle comptait rester à Helsinki pour l'instant — s'il était d'accord. Elle avait décidé de vendre sa métairie de Harmisto, l'endroit avait perdu son calme, ces derniers temps. Le docteur se déclara prêt à l'héberger, maintenant qu'il n'avait plus de secrétaire, aucun ragot n'était à craindre. Elle pouvait prendre la chambre de son choix.

Quand Linnea Ravaska se fut installée, Jaakko Kivistö l'examina. L'état de santé de sa vieille patiente était plutôt satisfaisant. Grâce à ses médicaments, son diabète était stable ; elle souffrait bien sûr d'une légère ostéoporose, et d'une paresse de l'intestin pour laquelle il lui prescrivit un traitement. Après la visite, la colonelle demanda à son médecin :

« Dis-moi, combien d'années penses-tu que je puisse encore raisonnablement vivre ? »

Les Lindholm étaient notoirement dotés d'une grande longévité, et l'on pouvait donc s'attendre à ce que Linnea ne fasse pas exception. Et elle se portait relativement bien pour son âge, c'était le moins que l'on puisse dire. Dans ces circonstances, elle avait encore, selon Jaakko Kivistö, une bonne dizaine d'années devant elle, et plus probablement vingt. À condition de ne pas se mettre, sur ses vieux jours, à consommer de substances dangereuses, ou d'être victime d'un accident imprévu.

« Mais c'est épouvantable, gémit la vieille femme. Moi qui pensais mourir dans un an ou deux! »

Vivre encore dix ou vingt ans, dans le meilleur des cas, exigeait qu'elle réorganise une nouvelle fois son existence. Elle devait absolument échapper aux persécutions de Kauko Nyyssönen et de ses acolytes.

Jaakko Kivistö interrogea Linnea sur ses problèmes. Étaient-ils liés à son scélérat de neveu? Le docteur n'avait jamais porté le fils d'Elsa Nyyssönen dans son cœur.

La colonelle lui raconta ce qu'avait été sa vie à Harmisto, ces dernières années. Elle se sentit réconfortée de pouvoir pour une fois parler de ses difficultés à quelqu'un, homme ou femme. Jaakko Kivistö fit du café et servit à Linnea un verre de xérès.

Cela lui fit du bien. Pendant deux heures, elle s'épancha, décrivant l'abîme où elle s'était trouvée. Quand elle eut enfin fini, elle était un peu grise mais indiciblement soulagée. Jaakko Kivistö posa la main sur la fragile épaule de la vieille femme, dont les épreuves dépassaient presque l'entendement. Il promit de lui apporter tout le soutien possible. Un retour à Harmisto était de toute façon exclu et il se déclara prêt à l'aider à vendre sa métairie.

« Je n'aurais jamais imaginé qu'une dame de fer comme toi se laisse humilier de cette façon par un petit malfrat. Tu as pourtant toujours su t'y prendre, avec les hommes. »

Kivistö se souvenait en particulier des dernières années du mariage de Linnea et de Rainer Ravaska, pendant la guerre. C'était elle qui avait porté la culotte, s'était occupée de la maison et de son époux, qu'elle avait encouragé et même obligé à gravir les échelons jusqu'au grade de colonel. Quant aux deux années de sa liaison avec Linnea, le médecin en gardait, outre de nombreux agréments, le souvenir de son caractère exigeant, voire autoritaire. Il n'arrivait pas à croire que sa bonne vieille Linnea ait pu être ainsi rabaissée, et même carrément tyrannisée.

La colonelle avait littéralement réchauffé une vipère dans son sein en subvenant aux besoins de son neveu orphelin, privé tout jeune de l'affection de sa mère. Elsa Nyyssönen avait en effet souffert toute sa vie de déséquilibre mental et était morte quand le garçon était encore petit.

Linnea Ravaska expliqua qu'elle craignait pour sa vie. On l'avait obligée à signer un testament faisant de Kauko Nyyssönen son légataire universel. Elle n'était pas gâteuse au point de ne pas comprendre ce que cela pouvait signifier. À la première occasion, elle risquait d'avoir un accident fatal.

Jaakko Kivistö s'étonna : à sa connaissance,

Linnea n'était plus très fortunée. Ce testament n'avait donc guère de valeur. Nyyssönen n'était quand même pas assez stupide pour menacer la vie de sa tante pour si peu.

La vieille femme convint que ses revenus avaient fondu à un rythme régulier ces cinq dernières années, mais il lui restait quand même encore quelques ressources. Elle avait placé le tiers du produit de la vente de l'appartement de la rue Calonius en obligations qu'elle conservait dans son coffre, à la banque, et elle avait bien sûr sa propriété de Harmisto. La métairie seule pouvait suffire à pousser Kauko Nyyssönen à un acte inconsidéré.

Jaakko Kivistö téléphona à son avocat, Lauri Mattila, afin de le consulter à propos du testament. L'homme de loi rassura Linnea : elle n'avait pas à s'en faire pour ce papier, il était sans effet. Elle pouvait aussi à tout moment, pour plus de sûreté, établir un nouvel acte annulant le précédent. La contrainte exercée constituait en outre en elle-même un délit majeur. L'avocat promit de rédiger rapidement un nouveau testament que l'on communiquerait pour information à Kauko Nyyssönen, afin qu'il ne puisse pas s'imaginer tirer un quelconque profit de la mort de la colonelle Linnea Ravaska.

La vieille femme fit part à maître Mattila de son intention de vendre la petite métairie qu'elle possédait dans le village de Harmisto, près de Siuntio.

68

Pourrait-il se charger d'organiser la vente? L'avocat accepta, il était en contact avec plusieurs agences immobilières. L'on trouverait rapidement un acquéreur, selon lui, car il y avait depuis quelques années une très forte demande pour des lieux aussi idylliques, à proximité de Helsinki.

Soulagée par ces réconfortantes informations, Linnea alla prendre un bain chaud, puis se coucher. Jaakko Kivistö vient lui porter au lit une tasse de thé et lui souhaita bonne nuit. Tandis qu'il quittait la pièce, Linnea se fit la réflexion qu'il accusait vraiment son âge; le jeune et svelte médecin à la clientèle huppée était devenu un vieillard marchant à petits pas, traversant la vie comme à tâtons. Il était toujours aussi prévenant, malgré tout, et Linnea éprouvait pour lui non seulement de la gratitude, mais une certaine tendresse. L'affaiblissement de Jaakko démontrait si besoin était que les hommes, comme chacun sait, vivent moins longtemps que les femmes. Une triste réalité, songea Linnea avec compassion en regardant son ancien amant sortir de sa chambre. Si Mattila parvenait à trouver un bon acheteur pour sa fermette, peut-être pourrait-elle rester égayer l'existence du vieil homme dans son grand appartement, du moins pour un temps.

Tandis que Linnea, fatiguée mais soulagée, dormait à Töölö d'un sommeil serein, le soir était aussi descendu sur le village de Harmisto. Les gardiens de la paix, après s'être rempli la panse de cochon grillé, en eurent assez de surveiller la fermette désertée. La patrouille quitta les lieux, forte d'avoir constaté que les individus suspectés de troubler l'ordre public n'avaient pu être retrouvés, malgré d'actives recherches.

Une fois la voiture de police hors de vue, les trois larrons surgirent tels des trolls en colère des sombres sapinières où ils s'étaient réfugiés. Affamés, ils se jetèrent sur les rares reliefs de la carcasse de porc tristement pendue sur sa broche au-dessus des braises éteintes. Bientôt, il ne resta plus du goret que les os, qu'ils envoyèrent voler aux quatre coins du jardin, et jusque sur le toit de la fermette. Puis ils terminèrent la moutarde et les épices à barbecue en les étalant sur les carreaux des fenêtres. Ne trouvant plus rien d'intéressant à faire, ils prirent à pied la direction de la boutique du village, réveillèrent le patron et réclamèrent un taxi.

Tandis qu'ils attendaient la voiture, ils reconnurent dans l'arrière-cour le chat de Linnea Ravaska, l'attrapèrent et lui brisèrent l'échine en le cognant sur la pompe à essence. L'épicier s'enferma à clef chez lui mais n'osa pas appeler la police. Quand le taxi eut emporté les trois hommes, il alla ramasser le cadavre du malheureux matou. Il songea que la vieille colonelle était bien à plaindre. Sa cliente ne semblait pas avoir

70

mesuré toutes les conséquences de son geste lorsqu'elle avait dénoncé ses visiteurs aux forces de l'ordre. La justice, au jour d'aujourd'hui, n'avait plus le bras assez long pour tous.

Dans la nuit, Linnea Ravaska fut réveillée par un cauchemar. Se croyant encore dans sa métairie de Harmisto, des larmes de terreur lui montèrent aux yeux. Puis elle aperçut les rideaux blancs masquant les baies vitrées, plus claires que les petites fenêtres à carreaux de la salle de sa fermette. La vieille dame alluma sa lampe de chevet et constata soulagée qu'elle se trouvait en ville, loin de la campagne, en sécurité chez un ami de longue date. Elle mit sa robe de chambre et se rendit sur la pointe des pieds dans la bibliothèque ; là, elle se saisit du tome VII du dictionnaire encyclopédique, le feuilleta jusqu'à la lettre P et entreprit de lire un article à l'entrée imprimée en gras : POISON n. m. 1. *Biol.* Substance qui, introduite dans l'organisme est capable même à faible dose de provoquer des troubles graves, appelés empoisonnements, qui peuvent dans certains cas altérer ou détruire les fonctions vitales (v. *mort*).

Linnea Ravaska poursuivit un moment sa lecture, le visage éclairé par un sourire matois, puis elle ferma le livre et retourna se coucher. Pour la première fois depuis longtemps, la vieille colonelle avait l'air heureuse. Elle disposait d'un moyen de rester maîtresse de son destin.

7

Après leur partie de campagne mouvementée à Siuntio, Kauko Nyyssönen, Pertti Lahtela et Jari Fagerström étaient rentrés à Helsinki. Aucun d'eux n'y avait à proprement parler de domicile fixe, à part une cave dont Kake était locataire dans le centre, rue d'Uusimaa. Il ne s'agissait pas, officiellement, d'un local à usage d'habitation, il n'y avait pas de sanitaires, juste l'électricité et un robinet d'eau froide. On pouvait pisser dans le lavabo en grimpant sur un tabouret, mais pour de plus gros besoins il fallait utiliser les toilettes d'un café voisin, ouvert toute la nuit. Nyyssönen dormait de temps à autre dans sa cave, mais se faisait le plus souvent héberger par des copains, comme en ce moment : Pera Lahtela se trouvait avoir pour petite amie une certaine Maritta Lasanen, une aide-cuisinière au grand cœur qui logeait dans un studio, rue Eerik. Maritta, dite Ritta, était grande et bien en chair, du même âge que Pera, mais mentalement attardée. Originaire de Säynätsalo. On ne pouvait pas dire qu'elle soit débile, mais elle était désespérément simple d'esprit. Elle autorisait Pera à amener chez elle ses amis, dont Kake et Jari représentaient l'élite.

Les trois hommes campaient depuis quelques jours dans le studio; les ecchymoses de leur expédition commençaient à virer du bleu au noir. Les pertes essuyées dans l'affaire avaient été en partie compensées. Jari Fagerström avait fauché dans quelques boutiques de prêt-à-porter trois pantalons et des chemises neuves, en remplacement de leurs vêtements déchirés. Kauko Nyyssönen, de son côté, était passé toucher, au bureau d'aide sociale de l'annexe des services administratifs centraux, dans le quartier de Kallio, la part de ses 1 893 marks de pension qui lui était versée tous les quinze jours. Et Pera Lahtela avait mis au pot la totalité de ses revenus : un peu plus de mille marks par mois, plus une prime de près de trois cents marks pour « repas pris à l'extérieur ». Le plus jeune du trio, Jari, bénéficiait pour un temps d'allocations de chômage. Il avait été employé pendant quelques mois, l'hiver précédent, dans une station-service. Le contrat de travail avait été rompu à cause d'une regrettable divergence de vues sur la propriété de certains produits en vente dans l'établissement. Jari avait été mis à la porte, mais aucune plainte n'avait été déposée. Il avait donc droit, provisoirement, à 45 marks et quelques d'indemnités journalières.

Grâce à son emploi dans une cafétéria des quartiers nord ouverte tard le soir, à Ruskeasuo, l'occupante en titre du studio, Ritta, gagnait environ trois mille marks par mois, dont la plus grande partie passait dans le loyer. Elle ne pouvait donc guère, malgré toute sa bonne volonté, remédier à l'éternel manque d'argent de son compagnon Pertti Lahtela.

Les trois hommes étaient occupés à jouer aux cartes. Ils avaient devant eux de la bière de table et du vin rouge ordinaire. Ils remâchaient encore leur rancœur. Le dernier jour de leur virée à Siuntio, avec sa descente de police, restait marqué dans leur mémoire. La cruauté avec laquelle Linnea avait mobilisé contre eux les forces de l'ordre leur échauffait toujours la bile. Ils constatèrent unanimement, pour la énième fois, que les femmes étaient vicieuses. Plus elles étaient âgées, plus elles étaient méchantes. Et il n'y avait pas pire exemple de vieille peau sournoise que Linnea Ravaska.

En plus de la colonelle et des gardiens de la paix, la société finlandaise et ses criantes inégalités nourrissaient leur amertume. Comment admettre, par exemple, que la pension de Linnea Ravaska atteigne cinq mille marks ? Le seul et unique mérite de cette vieille toupie avait été de vivre avec son croulant de colonel. La pension de

Kake ne représentait qu'une infime fraction de celle de sa tante. Et il croyait savoir que certains veinards, dans ce pays, pouvaient toucher jusqu'à dix mille marks et plus. Qu'avait-il donc fait pour être condamné à un sort aussi minable ? Rien. L'écart était encore plus abyssal si l'on comparait sa situation et son mode de vie à ceux de Linnea. De quel droit une frugale petite vieille percevait-elle plus du double de la pension d'un mâle vigoureux qui dépensait pour se nourrir plusieurs fois autant qu'une maigre veuve ? Sans parler de ses autres dépenses : il n'était pas assez cacochyme pour vivoter heureux au coin du feu dans une métairie perdue au fin fond de la brousse. Pour un jeune homme éclatant de santé, vivre en ville revenait horriblement cher, avec les inévitables voyages, les nuits à droite et à gauche. Il devait aussi déjeuner et dîner au restaurant, puisqu'il n'avait pas de domicile convenable, et encore moins de femme pour lui faire la cuisine. Linnea pouvait faire en chemise de nuit, si elle voulait, l'aller retour entre sa fermette et l'épicerie de Harmisto, mais à Helsinki c'était autre chose, s'habiller coûtait une fortune. Quant à s'offrir des cigarettes et de l'alcool avec une aussi petite pension, il ne fallait même pas y songer. La disproportion des dépenses et des revenus de la colonelle et de son neveu était vertigineuse.

Et si, poussé par le besoin, on se trouvait

contraint de voler un peu pour mettre du beurre dans les épinards, on vous collait aussitôt les flics aux fesses. La Finlande était un État policier. L'action sociale y était digne du Moyen Âge.

Selon Pertti Lahtela, la responsabilité de cette triste situation incombait aux hommes politiques, et en particulier aux communistes. C'étaient eux qui étaient au pouvoir quand ces misérables lois sociales avaient été votées. Or les cocos appartenaient à la classe ouvrière, et tout le monde savait quelles maigres paies touchaient les prolos. N'ayant aucune idée de ce qu'était un revenu correct, ils avaient fixé les pensions au niveau de leurs salaires. C'était pour cette raison que lui-même votait toujours à droite.

Kauko Nyyssönen répliqua que Pera ne comprenait rien à la politique. Lui en était venu à la conclusion qu'il ne servait à rien de voter. La vraie dissidence était là ! Il fallait isoler les soi-disant représentants du peuple, les laisser seuls entre eux. Il n'y aurait de révolution en Finlande que si tous ceux qui avaient le droit de vote refusaient de s'en servir. Si aucun candidat n'obtenait de voix, on ne pourrait pas réunir le parlement, puisqu'il n'y aurait pas d'élus. Et un pays sans parlement ne pouvait pas non plus avoir de lois. Ça, c'était un bel objectif !

Jari et Pera demandèrent à Kauko Nyyssönen s'il se fichait d'eux. Ne voyait-il pas qu'il y avait autour d'eux des centaines de milliers de crétins votant comme un seul homme à chaque foutu scrutin ?

« Je parlais en théorie, sur le plan des principes, expliqua Kake. Vous aussi, ça vous ferait du bien d'étudier un peu l'histoire de la politique, au lieu de ne lire que des sous-jamesbonderies », ajouta-t-il d'un ton éloquent. Il n'avait pas lui-même beaucoup creusé le sujet, mais il aimait bien le faire croire, de temps en temps. Pera et Jari, vexés, déclarèrent que la politique n'était que de la merde, qu'on vote ou qu'on s'abstienne.

Depuis le début de l'été, Kauko Nyyssönen était miné par de lourds soucis financiers. L'avenir s'annonçait sombre. Il était arrivé à un âge où l'on devait se préoccuper de ce que l'existence vous réservait. Que pouvait-il encore espérer de la vie ? Plus jeune, il avait cru pouvoir s'en sortir facilement, au jour le jour, mais il commençait maintenant à sentir le poids de ses trente ans. Il était grand temps de se ressaisir et de monter des coups plus ambitieux et plus intelligents. Être toujours à court d'argent l'angoissait, il fallait y remédier une bonne fois pour toutes.

Kauko Nyyssönen se demandait comment mettre sur pied un projet criminel de plus grande envergure, et surtout plus rentable, que d'habitude. Quelles possibilités y avait-il, par exemple, de piller une banque ? Le jeu en valait-il la chandelle ? Non, il le savait bien. On pouvait, au péril de sa vie, rafler quelques milliers de marks. Et surtout se faire pincer.

Les délits économiques étaient le seul moyen de sortir de l'impasse. Il fallait créer une entreprise, acheter à crédit des pelleteuses, par exemple, puis les revendre, magouiller dans les grandes largeurs, oublier froidement de payer les charges sociales et les impôts provisionnels, déménager souvent pour brouiller les pistes, organiser quelques faillites juteuses.

Kauko, Nyyssönen ne se sentait cependant pas vraiment l'étoffe d'un as de l'arnaque. Il n'avait aucune formation. Les choses auraient été différentes s'il avait eu, au moins, une licence de sciences économiques et de gestion. Opérer au noir et falsifier des comptes exigeait un solide savoir financier et des relations.

Il ne connaissait aucun authentique chevalier d'industrie capable de lui mettre le pied à l'étrier et de le conseiller pour frauder le fisc. Il n'avait même pas de domicile. Pour fonder une société, aujourd'hui, il fallait un lieu de résidence et une adresse, une simple boîte postale ne suffisait pas, si l'on voulait monter une escroquerie réellement lucrative. Il ne possédait pas non plus la mise nécessaire, rien que pour le capital social, le minimum requis était de quinze mille marks. Et il n'avait aucune chance d'obtenir un crédit auprès d'une banque. Pas un seul de ses amis n'avait de quoi lui prêter plus de cent balles.

Ne serait-ce que pour se procurer les fonds de départ, il devrait faire un casse.

La Finlande était décidément la terre promise des bourgeois. Les modestes petits artisans du crime n'avaient pas la moindre possibilité, de faire la preuve de leur talent d'escroc, ils devaient se contenter de vols et d'agressions, de braquages à la petite semaine. Les huiles se réservaient les gros coups, se remplissaient les poches avec l'argent public et le dilapidaient à l'étranger.

Kauko Nyyssönen sentait sur ses épaules toute la pression de cette société de classes. Elle le déprimait, le privait de toute énergie. Il n'avait qu'une envie, oublier tous ses projets, se soûler à mort, sortir au milieu de la nuit dans la rue et étrangler le premier passant venu.

Pendant un moment, les trois hommes tapèrent le carton en silence, la mine grise. Puis les pensées de Jari Fagerström revinrent à Linnea Ravaska.

« Il faudrait la buter, la colonelle », lâcha-t-il.

Pertti Lahtela soutint chaudement l'idée. Il était temps que Kake se secoue et s'interroge sérieusement sur l'avenir de sa tante. La fermette de Harmisto serait facile à vendre, on pourrait par exemple acheter une Mercedes à la place. Rouler dans une voiture à soi ne serait pas du luxe, pour changer. Mais tant que la vieille était en vie, la métairie pourrissait sur pied sans rien rapporter à personne.

Kauko Nyyssönen posa ses cartes sur la table. Il admit avoir réfléchi plusieurs fois à la question. D'autant plus qu'il y avait maintenant le testament... mais ce n'était pas une raison pour oublier qu'au bout du compte la sentence pour meurtre était la même quel que soit l'âge de la victime. Ce qui était en soi tout à fait injuste. Il aurait été plus équitable, selon Kake, d'indexer la durée des peines pour crimes de sang sur le nombre d'années de vie qu'il restait au défunt. Autrement dit, si l'on mettait fin aux jours d'un bébé qui aurait pu vivre encore soixante-dix ans, une condamnation à dix ans de taule, si ce n'est plus, paraissait raisonnable. Si on zigouillait un vieux birbe, par contre, une amende aurait dû suffire, car le dommage n'était pas bien grand.

Kauko Nyyssönen développa son idée. L'assassinat d'un malade incurable au seuil de la mort devait être considéré comme un délit mineur, alors que trucider une personne en parfaite santé devait bien sûr valoir la prison. Hélas, pour l'instant, le code pénal ne considérait pas l'âge ou le délabrement de l'état de santé de la victime, si avancés soient-ils, comme une circonstance atténuante. Il y avait là, en soi, et surtout dans le cas de Linnea Ravaska, une regrettable anomalie, une injustice criante. De ce point de vue aussi, il se sentait laissé pour compte.

Pour Pera, il n'y avait pas à s'étonner de telles bizarreries de la loi. Le code pénal avait été rédigé sous cette forme par de riches vieillards qui craignaient pour leur vie et pour leur argent.

Jari n'avait que faire de théories fumeuses sur le droit pénal. Il était jeune et impatient, tourné vers l'action. Tout en raflant la mise, il insista :

« Sans blague, Kake, il serait temps de s'occuper de cette Linnea. »

Kauko Nyyssönen se vit en train de contempler sa tante, étendue morte sur le plancher de la métairie de Harmisto. La tête en sang ? La mâchoire décrochée, le bras gauche cassé ? L'idée le titilla d'abord agréablement, mais il eut ensuite un sursaut de dégoût. Linnea était malgré tout sa seconde mère.

Il fit remarquer à ses partenaires que tous leurs sentiments étaient visiblement morts.

« J'ai quelquefois l'impression d'être entouré d'assassins », laissa-t-il tomber.

Ses camarades le regardèrent interloqués. Puis ils éclatèrent d'un rire sinistre. Jari Fagerström. avait agressé et tué un vieillard, l'automne précédent à Ruskeasuo, et Pertti Lahtela avait, quelques années plus tôt, purgé une peine pour homicide involontaire dans le quartier des mineurs de la prison de Kerava.

8

La colonelle Linnea Ravaska prit vite de plaisantes et tranquilles habitudes dans le vaste appartement du docteur Jaakko Kivistö. L'endroit était calme, pour la première fois depuis longtemps elle n'avait plus à craindre d'humiliantes visites surprises, comme dans sa métairie de Harmisto. Même le grondement du trafic de la rue Runeberg, toute proche, ne parvenait pas à l'empêcher de dormir. En vieille citadine, le bruit du tramway, au petit matin, ne faisait que bercer agréablement son sommeil.

Jaakko Kivistö, avec beaucoup de prévenance, lui avait cédé les penderies nécessaires pour ranger ses affaires et avait débarrassé l'une des armoires de toilette de la salle de bains. Il prit aussi pour coutume de préparer chaque matin un appétissant plateau de petit déjeuner qu'il lui portait dans sa chambre.

Ils prenaient leur repas de midi dehors, souvent en tête à tête, à *L'Élite*, un restaurant voisin fréquenté par des artistes. Le soir, les deux vieillards se contentaient pour tout dîner d'une légère collation confectionnée par Linnea, qu'ils accompagnaient d'un verre de vin.

Deux fois par semaine, le docteur Kivistö recevait quelques vieux patients à son cabinet. Linnea revêtait alors une blouse blanche et, faisant office de secrétaire médicale, accueillait les personnes qui avaient rendez-vous. Son travail consistait avant tout à leur tenir compagnie, en bavardant des nombreux maux qui les préoccupaient ; elle avait une expérience personnelle de bien des maladies et les conversations, dans la salle d'attente, étaient toujours très enrichissantes.

Une énergique femme de ménage venait une fois par semaine passer l'aspirateur et battre les tapis. Linnea se chargeait volontiers elle-même d'épousseter les meubles et d'astiquer l'argenterie, et veillait à ce qu'il y ait toujours dans chaque pièce un bouquet de fleurs fraîches. Elle s'occupait aussi d'envoyer tous les huit jours le linge sale à la blanchisserie. Et quand elle repassait ses vêtements, elle n'oubliait bien sûr pas les chemises de Jaakko. Les modèles actuels étaient d'ailleurs faciles à entretenir, il n'y avait plus de cols amidonnés comme dans le temps. Le vieux médecin, heureusement, ne portait pas d'uniforme. Linnea en avait eu plus qu'assez, jadis, d'aérer et de défriper les habits de drap de

Rainer. De ce point de vue, il était bien plus agréable de prendre soin d'un docteur que d'un officier dont les lourds vêtements commençaient au bout d'une journée à peine à sentir la sueur et la graisse à bottes.

Les jours s'écoulaient paisiblement. Linnea avait du temps libre, car elle n'avait plus à jardiner ni à porter de l'eau et des bûches ou à s'acquitter des tâches d'entretien d'une maison, comme à Harmisto. Tout aurait été pour le mieux s'il n'y avait eu, tapie au fond de son esprit, la peur obsédante de Kauko Nyyssönen et de ses impitoyables complices. Linnea était sûre que les trois vauriens lui en voulaient amèrement de l'opération de police déclenchée contre eux. Elle craignait une vengeance. Son neveu pouvait être violent, elle l'avait déjà vu à l'œuvre. Poussée à bout, la bande de Nyyssönen ne reculerait pas devant un crime de sang.

Il vint à l'esprit de Linnea que si quelqu'un pouvait avoir besoin d'un poison efficace et mortel, c'était bien elle. Si la situation devenait trop critique, elle pourrait ainsi en avaler une dose afin d'échapper aux griffes de ses tortionnaires. Une vieille femme sans défense avait tout intérêt à se tenir prête au pire. À son âge, il convenait d'ailleurs aussi de se prémunir contre l'éventualité de maladies pénibles. L'idée d'une lente agonie sur un lit d'hôpital la terrifiait, elle avait une peur mortelle du cancer et de sa douloureuse phase terminale. Les médecins, aujourd'hui, s'acharnaient à maintenir en vie même les patients les plus désespérés, et elle ne voulait pas en arriver là. Dans de telles circonstances, avoir sa propre fiole de poison serait d'un immense secours.

Concocter une mixture mortelle pourrait aussi être une activité beaucoup plus passionnante que le macramé ou la peinture sur porcelaine. Dans sa situation, cela semblait même être un passe-temps fort utile, malgré son aspect peut-être un peu lugubre.

Linnea avait obtenu son baccalauréat en 1929, au Lycée normal de jeunes filles de Helsinki. Elle n'avait pas fait de chimie depuis, et son nouveau hobby exigeait donc quelques recherches préalables. Elle disposait, pour cela, non seulement du dictionnaire encyclopédique, mais aussi des ouvrages de médecine de Jaakko.

Le monde des poisons se révéla dès le début fascinant, d'autant plus que l'intérêt de Linnea se trouvait pimenté par la nécessité de se cacher du vieux docteur. Ce dernier, à titre professionnel, se serait probablement opposé à la confection de breuvages toxiques, car les médecins sont tenus de préserver la vie par tous les moyens.

La colonelle Ravaska décida de préparer une potion si puissante qu'elle suffirait au besoin à tuer la moitié de la ville. Elle chercha dans ses livres quels pouvaient être les éléments à utiliser pour sa mixture. Une substance telle que la toxine botulique, par exemple, tuait un homme en une seule prise de 8 à 10 μg — unité qui devait correspondre, d'après ses calculs, à un millième de milligramme. On n'en vendait cependant pas en pharmacie, et il lui faudrait donc se passer de cet ingrédient foudroyant. On trouvait par contre de la digitaline cristallisée, bien sûr pas en vente libre, mais Linnea n'eut aucun mal à copier le nom du produit sur l'ordonnancier de Jaakko et à imiter dessous sa signature. À l'officine, on lui délivra le médicament sans poser de question. La dose létale n'était que de 0,01 gramme. La colonelle se procura aussi du phosphore blanc, du cyanure de sodium, de l'acide oxalique et de la strychnine. Dans l'armoire à pharmacie de Jaakko, elle chipa de la morphine et quelques barbituriques, parmi les plus puissants. Les composants de base de sa préparation étaient presque tous réunis.

Linnea fit également un tour au marché de Töölö afin de voir si l'on trouvait encore des gyromitres sur les étals. Les marchandes de légumes n'en avaient plus, la saison tirait à sa fin, mais l'une d'elles en avait ramassé pour elle-même et proposa lui en céder quelques-uns, si elle y tenait absolument. L'on pouvait s'arranger, même s'ils étaient un peu racornis.

« Vous ne les avez pas fait sécher, au moins ? » s'inquiéta la colonelle. Elle savait que les toxines des fausses morilles s'évaporaient avec la dessiccation.

La maraîchère expliqua qu'elle en avait eu l'intention, mais qu'elle avait été si occupée, en ce début d'été, qu'elle n'avait pas eu le temps. Linnea lui commanda une demi-livre de gyromitres. Le lendemain, elle passa les prendre au marché, en mit la moitié de côté et cuisina avec le reste une délicieuse mousse dont elle et Jaakko se régalèrent au dîner. Elle reprit ensuite les champignons crus et les réduisit en une pâte fine à laquelle elle ajouta une pincée de phosphore et une goutte de morphine. Elle enferma ce brouet dans un flacon hermétique, dans l'intention de l'utiliser plus tard comme liant pour son poison. Le sourire aux lèvres, l'apprentie chimiste se remémora les illustrations de son vieil atlas mycologique, où trois croix rouges signalaient l'exceptionnelle dangerosité du gyromitre frais. Si ses souvenirs étaient bons, ses toxines s'attaquaient avant tout aux reins et au foie.

Chez un grainetier, elle jeta son dévolu sur une boîte de virulent pesticide. Dès que l'on ouvrait le bouchon et que l'on mettait le nez dessus, les yeux et la gorge commençaient à piquer. La cerise sur le gâteau, songea Linnea. Pour finir, elle acheta un bidon d'antigel dans une station-service, car elle avait entendu dire qu'en hiver, rien qu'à Helsinki, des dizaines de clochards mouraient d'en avoir absorbé.

Pour manipuler et conserver ses poisons, Linnea avait mis de côté un assortiment de bouteilles en verre à fermeture étanche, d'éprouvettes et d'entonnoirs. Elle se protégeait les mains avec des gants en caoutchouc, prenait garde de ne pas respirer les émanations de ses décoctions et aérait soigneusement sa chambre.

À ce stade de ses activités, il lui fallait aussi un lieu sûr pour conserver ses potions. Elle s'appropria à cet effet la coiffeuse de la défunte épouse du vieux médecin, à la porte de laquelle elle fixa un petit cadenas. Ce n'était pas qu'elle n'eût pas confiance en Jaakko, il ne viendrait bien sûr pas à l'esprit d'un homme bien élevé de fouiller dans les affaires personnelles de son invitée, mais avec la femme de ménage, mieux valait prendre quelques précautions.

Une fois ces substances vénéneuses réunies, Linnea mélangea soigneusement le tout et versa la mixture dans des flacons en verre de 10 cl. Elle en remplit ainsi quatre. Le produit, d'une agressive couleur jaunâtre, dégageait une odeur âcre et une légère vapeur, même à température ambiante. Lorsqu'elle en fit couler quelques gouttes sur un mouchoir en papier, le poison se mit à fumer et s'évapora en laissant une tache orangée. En séchant, le résidu durcissait et s'effritait sous le doigt en une poussière ocre. Si l'on recueillait cette poudre dans un dé à coudre pour l'enflammer, il s'en échappait un crépitement furieux et une fumée jaune qui envahissait la pièce, irrespirable et entêtante.

Linnea subtilisa deux seringues dans le cabinet de Jaakko et vérifia la fluidité de sa mixture. C'était parfait, on pouvait au besoin se l'injecter directement dans une veine.

Impatiente d'expérimenter le résultat de son travail, la colonelle se mit en quête d'un cobaye. Elle n'osait pas en avaler elle-même une seule goutte, le risque semblait inutilement grand. À ce stade de la fabrication de son poison, elle ne tenait pas à l'essayer sur un être humain. Elle eut une idée : elle injecta dans du pain de mie, avec une aiguille, une solution à dix pour cent de son produit ; puis elle enveloppa le pain dans du plastique, le glissa dans son sac à main et partit nourrir les pigeons du parc Sibelius.

Linnea Ravaska avait toujours été opposée aux vaines et douloureuses expériences animales. Quand les colombes du parc, confiantes, vinrent voleter autour d'elle, sa conscience protesta. Elle la fit taire en se persuadant qu'il ne s'agissait pas d'un acte de torture et que, de toute façon, l'essai était indispensable pour le développement de son poison. Elle émietta le pain et le jeta dans l'allée où une demi-douzaine de pigeons affamés attendaient l'aumône.

Les oiseaux gobèrent avec appétit les miettes lancées par la gentille vieille dame. Mais bientôt, ils commencèrent à s'agiter et à tituber tels des ivrognes, avant de s'envoler paniqués. Battant des ailes, ils s'élevèrent jusqu'à la cime des grands érables. Frappant furieusement l'air, ils prirent encore de la hauteur jusqu'à ce que, l'un après l'autre, ils cessent de se débattre et tombent comme des pierres sur la pelouse, raides morts. Linnea, impressionnée, rangea le reste du pain de mie dans son sac et quitta discrètement le parc.

Le lendemain, elle décida d'expérimenter sa mixture sur Jaakko Kivistö. Elle versa une unique petite goutte de solution diluée dans le verre de vin qu'il buvait au souper. Curieuse et un peu anxieuse, elle observa l'effet du produit. Elle espérait de tout cœur ne pas avoir forcé la dose. Après tout, Jaakko était aujourd'hui l'homme le plus important de sa vie, il aurait été tout à fait regrettable qu'il tombe malade, voire trépasse, à cause de cet innocent essai d'empoisonnement.

Jaakko trouva le vin meilleur qu'à l'ordinaire. Qu'était-ce, déjà ? Étrange, le beaujolais avait en général un bouquet plus léger... le négociant avait sans doute trouvé cette année en France une cuvée plus charpentée qu'à l'accoutumée. L'on critiquait bien à tort les vins rouges embouteillés en Finlande, ils pouvaient parfois être meilleurs que les crus millésimés les moins chers.

« Voilà qui fait circuler le sang », se réjouit-il.

Contrairement à son habitude, il semblait éméché. Il but toute la bouteille et tint des propos inconvenants, puis se calma, demanda pardon et se retira dans sa chambre. Il s'endormit tout habillé et ronfla lourdement jusqu'au matin. Linnea, inquiète et repentante, écoutait derrière la porte. Elle alla prendre le pouls du vieil homme et le borda tendrement dans son lit. Bourrelée de remords, elle veilla toute la nuit au chevet de sa victime.

Au matin, Jaakko se réveilla, honteux de sa conduite de la veille. Il était en retard pour le petit déjeuner, et se plaignit de se sentir bizarre. Sans doute se faisait-il vieux; plus jeune, jamais il n'avait eu la gueule de bois pour quelques verres de vin. Linnea devait lui pardonner... Il ne s'était pas mal conduit, au moins, le soir précédent?

Le médecin faisait pitié à voir. La vieille empoisonneuse lui suggéra de passer la journée à se reposer, elle prendrait soin de lui. Elle aéra l'appartement, cuisina un déjeuner roboratif, massa la nuque et les tempes du malade. Le soir, elle lui prépara une bonne tisane au miel. Le docteur se rétablit vite et le grand appartement baigna bientôt de nouveau dans un bonheur tranquille.

Linnea déduisit des réactions des pigeons et de Jaakko Kivistö qu'elle avait réussi à créer un poison terriblement efficace. Elle possédait donc un produit lui permettant de mettre fin à ses jours à tout moment. Forte de cette certitude, elle pensait disposer désormais d'une certaine liberté de mouvement face à l'impitoyable bande de Kauko Nyyssönen. Plutôt mourir que subir une humiliation de plus, jura-t-elle.

9

Le cabinet de maître Mattila fit savoir quelques jours plus tard à la colonelle Ravaska que l'annonce de la mise en vente de sa métairie de Siuntio avait été publiée dans la presse ; quelques acheteurs potentiels s'étaient manifestés et souhaitaient visiter la propriété.

Jaakko Kivistö proposa à Linnea de s'occuper pour elle des détails de la vente et de son déménagement, assurant qu'il se chargerait avec plaisir, pour changer, de telles tâches domestiques. Linnea accepta avec empressement. L'idée d'aller à Harmisto, ne serait-ce que pour chercher ses meubles, lui faisait horreur, tant elle en gardait un mauvais souvenir. Elle avait en outre été informée par l'épicier du village de la mort de son chat, et sa présence ne s'imposait donc même plus de ce point de vue.

Un beau samedi, Jaakko Kivistö se rendit à Harmisto avec le représentant du cabinet juridique, afin de faire visiter la métairie aux éventuels acquéreurs. Linnea lui donna les clefs et lui demanda de lui rapporter au retour, puisqu'il était en voiture, un certain nombre d'objets personnels.

Le médecin s'attarda toute la journée à Siuntio. Ne le voyant pas rentrer pour dîner, la colonelle s'inquiéta : aurait-il eu un accident? Enfin, vers dix heures du soir, Jaakko Kivistö poussa la porte de l'appartement. Il était dans un état pitoyable, l'œil gauche au beurre noir, les mains et le visage couverts de pansements.

Il expliqua qu'il s'était occupé dans la matinée des rendez-vous prévus. Trois visiteurs s'étaient présentés et avaient chacun fait une offre. La plus avantageuse valait la peine d'être acceptée, du moins selon l'agent immobilier : l'acheteur proposait près de 200 000 marks pour la fermette. Il disposait d'un plan de financement et l'affaire pouvait donc être conclue sans délai.

La visite terminée, les candidats à l'achat et le représentant du cabinet juridique s'en étaient allés. Jaakko Kivistö avait commencé à charger les affaires de Linnea dans sa voiture. Il venait d'y porter son linge de maison quand trois jeunes gens crasseux et puant l'alcool s'étaient présentés, en quête de la propriétaire. Le plus âgé d'entre eux était à l'évidence Kauko Nyyssönen. Ils avaient sans doute été attirés à Harmisto par l'annonce de la vente de la métairie.

Les trois vauriens visiblement animés de mauvaises intentions, s'étaient tout de suite montrés menaçants. Ils lui avaient demandé ce qu'il faisait là, où Linnea habitait maintenant et si elle prétendait par hasard vendre sa bicoque sans en discuter d'abord avec son neveu.

Le médecin leur avait enjoint de quitter les lieux, mais ils lui avaient ri au nez. Ils s'étaient ensuite introduits de force dans la métairie et l'avaient bousculé. Une échauffourée s'était ensuivie, au cours de laquelle il avait été quelque peu malmené. Il en gardait encore les traces : il avait reçu un coup de poing dans l'œil gauche, qui était maintenant enflé, son corps était couvert de bleus, il avait des égratignures un peu partout. Il avait tenté de se défendre de son mieux, mais il n'était pas de taille contre ces brutes. Les trois malfrats n'étaient cependant pas parvenus à lui faire avouer le lieu de résidence actuel de sa vieille amie. Après l'avoir tabassé, ils avaient proféré de sinistres menaces. Puis ils étaient repartis sur les chapeaux de roue. L'incident avait persuadé Jaakko Kivistö que ces hommes étaient dangereux. Ils étaient de toute évidence à la recherche de Linnea et en voulaient à son intégrité physique, voire à sa vie. Une fois débarrassé du trio, Jaakko, avait rassemblé ses dernières forces pour traîner jusque dans sa voiture les effets réclamés par Linnea, puis il avait fermé la maison a clef et était allé se faire soigner aux urgences de l'hôpital de Jorvi. Il en revenait, les paquets attendaient en bas dans l'auto. Si Linnea était d'accord, il les monterait le lendemain matin, au besoin avec l'aide du gardien.

La vieille dame déclara que ce n'était pas la peine de déranger le concierge pour son bric-à-brac. Elle demanda à Jaakko les clefs de sa voiture et coltina elle-même ses affaires jusque dans l'appartement. Puis elle fit couler un bain chaud au médecin et prépara du thé. Elle insista pour que le vieil homme se repose et lui posa un steak haché cru sur la pommette, affirmant que cela résorberait l'enflure. Le docteur ne croyait pas à ces remèdes de bonne femme, mais il laissa Linnea s'occuper de lui. Avant de se coucher, les deux vieillards décidèrent de faire mettre à la porte d'entrée un œilleton et une chaîne de sûreté solide. Ils se demandèrent aussi s'il convenait de porter plainte pour coups et blessures. Il n'y avait évidemment pas de témoins, et s'en remettre à la police pour faire obstacle à la violence de la bande de Nyyssönen n'avait rien de rassurant.

« Quelle vie affreuse tu as dû avoir, à Siuntio », soupira Jaakko Kivistö tandis que Linnea changeait les pansements de ses plaies.

La colonelle, émue, regarda le vieil homme blessé qui avait si héroïquement défendu ses intérêts à la métairie de Harmisto. L'automne 1941 lui revint en mémoire. Son mari avait été promu lieutenant-colonel juste après l'offensive de l'été, au cours de laquelle son bataillon avait subi de lourdes pertes. Stationné ensuite sur la ligne de défense, loin en Carélie orientale, Rainer avait eu la chance de ne pas être blessé, mais il avait été victime d'une dysenterie si sévère qu'il avait failli en mourir. Il n'en aurait d'ailleurs sans doute pas réchappé si elle n'avait pas fait le voyage jusqu'à l'hôpital militaire et pris les choses en main. Pour lui soigner les intestins, elle lui avait cuisiné des bouillies de gruau. Même le médecin-chef avait reconnu que ses préparations avaient empêché le lieutenant-colonel de succomber à la maladie. Quand Rainer, après des semaines d'hôpital, avait enfin pu rentrer à la maison, rue Calonius, elle l'avait accueilli avec toutes sortes de friandises que l'on pouvait encore heureusement se procurer à l'époque. Il avait trouvé, posée à son chevet, une jolie corbeille en osier garnie à ras bord d'une bouteille de champagne, de chocolats et de pâtisseries. Il s'en était régalé toute la nuit, et l'avait remerciée en clamant que le vin mousseux avait achevé de tuer jusqu'au dernier ses bacilles dysentériques.

Le lendemain, Jaakko Kivistö resta couché. Linnea lui porta son petit déjeuner au lit, puis retourna dans la cuisine. Elle avait là une excellente occasion de mettre un peu d'ordre dans ses poisons sans avoir à craindre que le médecin entre à l'improviste et s'étonne de ses étranges substances. La vieille dame posa ses flacons sur l'évier, les ouvrit et remplit ses deux seringues de la quantité de mélange voulue. Elle dut transvaser ses potions dans plusieurs verres doseurs, au milieu d'une fumée nauséabonde, mais elle eut bientôt terminé. Elle cacha la mixture dans les profondeurs de la coiffeuse de sa chambre, oubliant cependant une goutte de poison au fond d'un récipient de mesure.

Linnea imagina soudain de choyer le malheureux Jaakko comme elle l'avait fait de Rainer lors de sa dysenterie. Il n'était pas question de bouillie, cette fois, mais le blessé se sentirait certainement réconforté par quelques mets raffinés. Enchantée par son idée, la vieille colonelle sortit aussitôt faire des courses. Elle se rendit au rayon d'épicerie fine du grand magasin Stockmann, ou elle remplit son chariot de délices : foie gras, tarama d'huîtres, moules, crabe, bleu du Jura suisse, oignons confits danois, olives vertes fourrées au poivron, asperges, filets de truite cuisinés, petits épis de maïs, champignons de Paris, pickles, caviar, langue de renne fumée, viande de mouton séchée, fruits exotiques parfumés, pâtisseries fondant dans la bouche, chocolat, pâtes de fruits, gelée de baies d'argousier, croustillants biscuits français, baguette aromatisée à l'ail...

Linnea, habituée au maigre choix de l'épicerie de Harmisto, fut prise d'une véritable frénésie devant cet étalage de merveilles, entassant toujours plus de victuailles dans son chariot, sans plus aucun sens de la mesure.

Après ses folles emplettes, la colonelle passa encore acheter dans un magasin spécialisé un magnum ventru de champagne rosé. Elle disposa élégamment le tout dans un panier en osier recouvert de papier d'argent et noua autour un ruban doré. Ravie, elle coltina son paquet jusqu'à la rue Döbeln. Il avait coûté un prix fou, mais elle n'en avait cure. Maintenant qu'elle avait décidé de ne plus payer chaque mois l'entretien de son neveu, elle pouvait bien dépenser un peu.

Une idée plus brillante encore lui vint soudain à l'esprit. Et si elle faisait cadeau de cette superbe corbeille de nourriture à Kauko Nyyssönen ? Elle savait qu'il était un incorrigible gourmand, amateur de délices exotiques ; devant un régal aussi princier, il se gaverait la panse à s'en rendre malade.

Linnea imagina Kauko en train de manger. Une expression béate illuminerait son visage, il n'aurait plus que des pensées agréables ; peut-être, malgré son cynisme, serait-il attendri par son beau geste et oublierait-il sa colère envers elle ? Ce coûteux présent pourrait être propice à la réconcilier avec son neveu et ses dangereux complices — il inviterait forcément ses camarades à festoyer avec lui. Quel excellent projet, songea-t-elle.

La colonelle se rappela que Kauko avait toujours aimé sa recette de salade flamande et elle décida de lui en préparer, en plus des autres chatteries. Avec ferveur, presque aussi impatiente qu'une veille de Noël, la vieille femme découpa en lanières une scarole entière, à laquelle elle mélangea quatre œufs, une cuiller à soupe de beurre, du sel, du poivre noir, deux cuillers à soupe de vinaigre de vin et, par inadvertance, la goutte de poison oubliée au fond du verre doseur resté sur l'évier. Elle était si excitée qu'elle ne prit pas le temps de goûter le résultat, après tout, elle connaissait la recette par cœur et l'avait toujours réussie; elle mit la salade dans une boîte en plastique et la rangea dans le panier avec les autres provisions.

Il n'y avait plus qu'à faire parvenir les vivres à Kauko Nyyssönen. C'était bien le problème. Linnea se rappelait qu'il disposait, l'hiver dernier encore, d'une espèce de cave mal aérée, dans la rue d'Uusimaa. Elle y avait été une fois, un jour qu'il lui avait ordonné de lui apporter son argent en ville. Avec l'âge, elle perdait hélas la mémoire. De toute façon, le colis de victuailles pesait au moins dix kilos, il n'était pas question de prendre le tramway avec. Linnea appela un taxi. Elle demanda au chauffeur de descendre lentement la rue d'Uusimaa, des hauteurs de Punavuori vers le carrefour de l'Erottaja.

« Essayez de comprendre, j'ai oublié l'adresse, mais je crois que je reconnaîtrai l'immeuble ». expliqua-t-elle.

Le taxi s'engagea au pas dans la rue d'Uusimaa. Linnea regardait par la vitre, scrutant les façades de pierre grise. Entre la rue Fredrik et la rue Anna, elle fit signe au chauffeur de s'arrêter. C'était là ! Elle paya la course et descendit de voiture avec son panier.

La colonelle passa sous le porche et entra dans la cour de l'immeuble. Oui, les lieux lui étaient familiers, elle était déjà venue là. Elle repéra le soupirail de la cave de Kauko Nyyssönen. Un instant, elle envisagea d'aller trouver le gardien dans sa loge et de lui demander de porter le colis à bon port, mais le courage lui manqua et elle ressortit dans la rue.

Linnea décida d'aller chez le plus proche fleuriste. Elle acheta quelques roses rouges et inscrivit sur une petite carte l'adresse de la cave de Kauko Nyyssönen ; elle y ajouta des salutations à son intention et à celle de ses camarades, suggérant de faire la paix et leur souhaitant bon appétit. Elle demanda au commerçant de faire porter les fleurs et le panier à domicile par un livreur, qui pourrait demander la clef au gardien si jamais il n'y avait personne.

Satisfaite de sa bienveillante démarche, elle paya et quitta la boutique, espérant ardemment que Kauko Nyyssönen et ses brutaux associés, après s'être délectés des gourmandises de sa corbeille cadeau, la laissent enfin en paix.

10

Ce soir-là, Kauko Nyyssönen et Jari Fagerström, souffrant d'une sévère gueule de bois et
chargés d'un sac en plastique rempli de bouteilles de bière, avaient pris comme souvent le
chemin de la cave humide de la rue d'Uusimaa,
dans l'intention d'y passer une soirée sans joie, à
ruminer la dureté du monde et peut-être à jouer
un peu aux cartes.

La cave que Nyyssönen appelait son « Q.G. »
était un trou sinistre et mal chauffé. Elle n'était
vaguement éclairée que par un étroit soupirail
au ras du plafond, à la vitre noircie par la suie de
la ville. Ce galetas était meublé d'un vieux
canapé-lit dans le rembourrage duquel les rats
avaient grignoté des tunnels et d'une table de jardin bancale, probablement volée à la terrasse
d'un restaurant, dont le plateau n'avait sans
doute jamais été essuyé, et encore moins lavé. De
l'autre côté, contre le mur, se dressait un lourd
banc de square en fonte moulée, originaire des

jardins de l'Esplanade. Un tabouret. Deux matelas en mousse crasseux posés à même le sol — des lits d'ami, selon Nyyssönen. Un lavabo en tôle rouillé, une ampoule électrique poussiéreuse pendue au plafond au-dessus de la table et une grille d'évacuation d'eau bouchée étaient les seuls éléments de confort de la pièce.

Le taudis puait en général les excréments de rongeur, la literie humide jamais aérée et la poussière moisie, dont une couche tenace recouvrait le sol en béton crevassé. Cette fois, pourtant, Nyyssönen éprouva en entrant dans son Q.G. un vertigineux plaisir olfactif : dans son trou à rats flottait un parfum de roses, renforcé par de stimulants arômes de fruits, confiseries, baguette fraîche et autres raffinements. Quand il alluma le plafonnier, il découvrit sur la table un magnifique bouquet de fleurs et une grande corbeille emballée dans du papier d'argent, débordante des mets les plus exquis.

Cette mirifique trouvaille fut d'abord accueillie avec scepticisme par les deux compères. Ils entreprirent avec prudence de déballer le contenu du panier, comme s'il cachait une bombe. Ils en sortirent des nourritures plus tentantes les unes que les autres, dont aucun d'eux n'aurait même osé rêver en temps ordinaire. Kake suspectait une erreur, il n'avait pas demandé qu'on livre dans sa cave de telles somptuosités. L'envoi lui était cependant adressé : au col du bouquet de roses se balançait une petite enveloppe sur laquelle étaient inscrits son nom et l'adresse de son Q.G. À l'intérieur, il trouva la carte de vœux de Linnea.

L'expéditrice de cette enivrante corbeille était donc la colonelle Ravaska! Sa bonne vieille tantine! Kake sentit son cœur fondre. Quelle touchante attention... et dire que la veille, il était allé à Harmisto dans la ferme intention de lui régler son compte.

Pour Jari Fagerström, Linnea avait eu si peur qu'elle essayait maintenant, avec ce pot-de-vin, d'améliorer ses relations avec Kake. Elle devait être terrifiée, pour vouloir l'attendrir avec des friandises. Inutile, selon lui, de faire du sentiment : on n'avait qu'à s'en fourrer plein la lampe et trucider la vioque plus tard.

Pour l'instant, l'heure était à la fête. Kauko Nyyssönen ordonna à Jari de courir rue Eerik, chez Maritta Lasanen, afin d'inviter Pertti Lahtela à se joindre à eux. Ritta était de service, ce soir, mais il resterait sans doute bien assez de nourriture pour qu'elle en profite elle aussi, et même pour refaire un festin, tant le panier était généreux.

Resté seul, Kake, l'eau à la bouche, disposa les gâteries sur la table, se retenant à grand-peine d'ouvrir quelques boîtes de conserve. Il décapsula une bouteille de bière tiède et but au goulot. Ses mains tremblaient d'excitation. Il n'avait pas fait de repas correct depuis deux jours, juste vidé quelques cartons de lait caillé et rongé des travers de porc graisseux qui lui avaient dérangé l'estomac. Maintenant, il avait une faim si dévorante qu'il en avait les tempes serrées. À moins que ce ne soit l'excès de boisson, allez savoir... Quand on se soûle, on a tendance à oublier de manger, d'autant plus qu'on a rarement assez d'argent pour se payer à la fois de l'alcool et de la nourriture.

Deux fourchettes tordues traînaient dans le lavabo. Kake les rinça et les posa sur un coin de la table. Puis il se mit à ouvrir quelques bocaux en prévision du banquet. D'exotiques effluves paradisiaques se répandirent dans la pièce. Le jeune homme ne put s'empêcher de donner un coup de langue à un filet de truite et peut-être aurait-il englouti la boîte d'un coup si Jari n'était arrivé tout haletant avec Pera. Que la fête commence !

Les trois compagnons s'assirent confortablement autour de la table. Avec les deux fourchettes et le cran d'arrêt de Jari, ils entreprirent d'enfourner la nourriture dans leurs gueules affamées. Jamais on n'avait vu ripailles aussi grandioses dans le taudis de Nyyssönen.

Ils rompirent la baguette, la tartinèrent d'épaisses couches de foie gras, de tarama et de pickles et avalèrent le tout avec délectation. Moules, crabe et bleu du Jura sur un autre

105

morceau ! Entre deux, à même le pot, olives far-
cies, asperges, champignons de Paris et oignons
confits... en intermède, truite et langue de renne
fumée. Ou, pour changer, viande de mouton
séchée et épis de maïs au vinaigre. La salade
flamande de Linnea remporta aussi un franc
succès.

En entremets, les banqueteurs se servirent
d'énormes portions de pâtisseries moelleuses,
goûtèrent des chocolats fourrés et des pâtes de
fruits, plongèrent les doigts dans la gelée de baies
d'argousier et croquèrent des biscuits français,
avant de revenir à des nourritures plus solides,
engloutissant de nouvelles parts de langue de
renne et de bleu, de mouton et d'asperges, de
truite et de tarama d'huîtres. Quelqu'un crut
discerner un arrière-goût bizarre dans la salade
flamande, mais cela ne coupa en rien l'appétit
du trio.

Enfin vint le tour du champagne. Kauko
Nyyssönen se vanta de savoir comment ouvrir la
bouteille. Ce n'était pas si simple. Il ne fallait
pas l'agiter inconsidérément, sinon le précieux
liquide risquait de mousser et de gicler sur les
murs avec le bouchon. D'ailleurs, mieux valait
toujours se comporter envers les boissons de prix
avec respect et délicatesse. L'œnologie était un
art en soi, on ne goûtait pas le vin comme la
bière, il fallait en prendre une petite gorgée, la
faire tourner sur la langue, le palais, les joues... et

seulement ensuite l'avaler. Mais c'était avec le nez que l'on appréciait réellement les arômes...

Jari et Pera déclarèrent d'un ton impatient qu'ils voulaient un gorgeon, pas un exposé sur la dégustation des vins. Ils soupçonnaient d'ailleurs Kake de n'avoir jamais bu son pinard avec autant d'élégance qu'il le prétendait.

Le neveu de la colonelle Linnea Ravaska fit sauter le bouchon du champagne. Il s'y prit avec maestria, pas une goutte ne déborda. Jari empoigna à deux mains les flancs rebondis de la bouteille pour la porter à ses lèvres, mais Kake lui tapa sur les doigts. On ne buvait pas une boisson aussi coûteuse au goulot. Le noble breuvage devait être dégusté dans des flûtes, Jari ignorait-il jusqu'au b.a.-ba des bonnes manières ?

Nyyssönen ne possédait pas de flûtes, ni d'ailleurs aucun autre verre. Il fallut donc se contenter de rincer trois bouteilles de bière vides, dans lesquelles on versa le champagne. Il y avait dans le magnum de quoi servir deux tournées. Les trois hommes burent la première debout, en trinquant cérémonieusement.

« Santé », souhaitèrent-ils d'un ton solennel.

Quand le vin pétillant, dans l'estomac des convives, rencontra la salade flamande, le poison qu'elle contenait s'activa et s'introduisit en bouillonnant dans leur circulation sanguine. Leurs pommettes se mirent à rougeoyer et leur cœur à battre, ils eurent soudain envie de chanter. Leurs voix se firent bredouillantes. La tête leur tournait et la cave exiguë leur semblait soudain étouffante. Les mains tremblantes, ils vidèrent le reste du champagne dans leurs bouteilles et, en quête d'air pur, chancelèrent d'un pas lourd jusqu'à la porte.

Titubant et trébuchant, les trois hommes se ruèrent hors de la cave, traversèrent la cour plus ou moins à quatre pattes et jaillirent sur le trottoir. Là, ils se raccrochèrent aux murs des immeubles et aux panneaux de signalisation ; Jari brisa une vitre d'un coup de pied. Avec des braillements affreux, appuyés les uns contre les autres, ils dévalèrent la rue d'Uusimaa vers l'Erottaja. Les passants s'écartaient effrayés de leur route. L'épouvantable charivari du trio résonnait dans tout le quartier.

Peu à peu, le vacarme faiblit, les fêtards tombèrent l'un après l'autre à terre, Fagerström le premier, puis Lahtela et enfin Nyyssönen. Chacun d'eux tenait à la main une bouteille de bière. Ils gisaient de-ci, de-là au milieu de la chaussée, les voitures descendant la rue zigzaguaient pour les éviter. Un fourgon de police ne tarda pas à surgir en trombe.

Les gardiens de la paix eurent la tâche ingrate de porter les trois hommes inertes dans le panier à salade. Ils ramassèrent les bouteilles vides et les jetèrent dans une poubelle, leurs clients s'étaient visiblement achevés à la bière ordinaire.

Comment de telles boissons pouvaient-elles être en vente libre, s'indignèrent les représentants de l'ordre. Puis ils claquèrent les portes arrière de leur voiture bleue et prirent le chemin du poste de dégrisement.

11

Quand on vint les relâcher vers six heures du matin, Nyyssönen, Lahtela et Fagerström gisaient encore inconscients, sous l'effet du poison, dans leur triste cellule de dégrisement du poste de police de Töölö. On les secoua pour les réveiller et les sommer de partir vers de nouvelles aventures. Ils protestèrent. Ils souhaitaient pouvoir rester à dormir sur le sol en béton de leur cage. Pour le moment, la liberté ne les tentait pas. Ils se plaignirent d'être malades, d'avoir été traîtreusement empoisonnés.

Les gardiens de la paix consultèrent la main courante de la nuit, qui indiquait que les trois hommes avaient été placés en garde à vue en raison d'un état d'ivresse avancé dû à une trop forte consommation de bière, attestée par la bouteille vide que chacun d'eux tenait à la main au moment de son arrestation. Ce qui étonnait les forces de l'ordre, c'était qu'ils aient réussi à ingurgiter des quantités de bibine si monstrueuses qu'ils ne tenaient toujours pas sur leurs jambes le lendemain matin.

On leur fit aussi remarquer que le poste de dégrisement n'était pas une maison de repos.

Nyyssönen geignit que lui et ses camarades avaient été victimes d'une tentative d'assassinat. On avait vraiment voulu les empoisonner.

La coupable était une femme, la colonelle Linnea Ravaska. Sa seconde mère... une harpie de près de quatre-vingts ans.

On ne prit pas la peine d'enregistrer leur plainte, les fonctionnaires de l'établissement ne connaissaient que trop bien Nyyssönen et ses compagnons.

Ils avaient du mal à croire qu'une vieille dame ait pu empoisonner trois solides vermines comme eux, mais si jamais c'était le cas, tant mieux. Il fallait bien qu'il y ait une justice quelque part. Si ces messieurs voulaient donc bien rassembler leurs abattis et aller dire de leur part à la mamie qu'elle leur fasse avaler la prochaine fois une potion plus violente...

Amers, les empoisonnés sortirent en chancelant de leur cellule. Leur cœur battait la chamade, leur regard était brouillé de larmes. Le grondement de la circulation leur vrilla les tympans. Tremblant de tous leurs membres, ils partirent à pied vers le centre. Ils se déplaçaient péniblement, et devaient sans cesse s'arrêter pour souffler. Enfin, au bout d'une heure de supplice, ils parvinrent rue d'Uusimaa. Kauko Nyyssönen sortit la clef de sa cave de sa poche. La mine sombre, lui et ses camarades se laissèrent tomber sur le sol crasseux de la pièce. Avant de s'endormir, Kake envoya valser d'un geste les restes fanés du bouquet de Linnea.

Dans l'après-midi, les trois hommes s'éveillèrent suffisamment remis pour avoir la force de faire couler de l'eau tiède du robinet et étancher leur soif. Ils commençaient aussi à avoir faim, mais pouvait-on sans crainte toucher aux victuailles de la colonelle? Après mûre réflexion, ils conclurent que les conserves ne présentaient aucun danger. Apparemment, Linnea n'avait empoisonné que la salade.

En silence, ils firent bombance des restes. Force était d'avouer que les bocaux offerts par la vieille étaient aujourd'hui encore excellents.

Au cours du repas, le trio prit à l'unanimité la décision inébranlable d'assassiner la colonelle Linnea Ravaska. Le plus décidé à en finir était Jari Fagerström, dont la réputation de cruauté n'était plus à faire. Pour lui, ils s'étaient montrés bien trop naïfs à propos de la tante de Kake. Cette vieille toupie sournoise était en réalité un monstre assoiffé de sang, et commençait à devenir dangereuse. Elle n'attendait à son avis que l'occasion de les détruire tous. Cette affaire d'empoisonnement le prouvait, il fallait la mettre hors d'état de nuire.

Ainsi fut-il convenu. Mais qui se chargerait de la besogne ? Kauko Nyyssönen se récusa, l'idée même d'un meurtre lui répugnait ; Pertti Lahtela n'était pas non plus très chaud pour s'occuper du côté pratique de la chose. Jari, exaspéré par leurs tergiversations, déclara rondement qu'il était prêt à ôter la vie à la vioque, à condition que les deux autres l'aident à lui mettre la main dessus.

Ils dressèrent un semblant de plan. Jari volerait une voiture pour transporter le cadavre. Kake Nyyssönen promit de fournir une hache et des sacs-poubelle. Pertti Lahtela devait découvrir où Linnea habitait et l'amener rue Eerik. Le mieux serait de la liquider dans le studio de Ritta. Ensuite, il faudrait emmener le corps en voiture, quelque part à la campagne où l'on pourrait s'en débarrasser sans attirer l'attention. C'était aussi simple que ça.

Sur cette sentence de mort, le trio retourna faire la sieste sur les matelas moisis de la cave.

Le lendemain, Pertti Lahtela alla se poster à Töölö, rue Döbeln. La bande en était venue à la conclusion que Linnea habitait peut-être chez le docteur Jaakko Kivistö — celui-là même qu'ils avaient dérouillé quelques jours plus tôt à Harmisto. De retour rue d'Uusimaa, Pera confirma l'hypothèse. Le moment était venu d'agir : dans la matinée, le docteur Kivistö était sorti de son appartement avec Linnea. Ces messieurs dames avaient déjeuné à *L'Élite*. Puis le médecin avait pris le tram en direction du centre, tandis que la colonelle retournait rue Döbeln.

Jari Fagerström tendit son cran d'arrêt à Pertti Lahtela, qui lui demanda d'un air distrait ce qu'il voulait qu'il en fasse. Son camarade lui fit remarquer qu'il pourrait lui être utile pour obliger Linnea à le suivre.

« Ah oui. Bon. J'y vais. Tchao les mecs. »

Jari annonça qu'il viendrait le soir même rue Eerik avec une voiture. Il promit d'essayer de voler un break, c'était ce qu'il y avait de mieux pour ce genre de transport.

Pera fit à pied le trajet de la rue d'Uusimaa à Töölö, d'un pas à première vue décontracté. Au fond de lui pourtant, il était inquiet. Il participait quand même à un projet d'assassinat, qui plus est d'une femme. Quand on poursuivait un tel but, on se prenait à réfléchir à des questions plus philosophiques qu'à l'accoutumée. Les rapports entre la vie et la mort s'insinuaient inévitablement au premier plan de vos pensées.

Pertti Lahtela avait certes déjà du sang sur les mains. Il avait tué, un homme, quelque sept ans plus tôt. Des divergences de vues s'étaient élevées entre copains de bistrot, dans les rues chaudes de Punavuori, une bagarre avait éclaté et, pour finir, il en était venu à se servir de son couteau. Les conséquences en avaient été effroyables. L'homme était mort, et lui avait été condamné pour homicide involontaire. Il avait purgé sa peine à la prison pour mineurs de Kerava. Les années avaient passé, mais ce triste épisode lui revenait encore de temps à autre en mémoire. C'était un souvenir terrifiant, qui l'empêchait même parfois de dormir. Il n'avait jamais osé prendre contact avec la famille de la victime.

Et voilà qu'il était de nouveau mêlé à un meurtre. Certes, la personne visée était archivieille, et Nyyssönen avait prétendu qu'il n'était pas si grave de trucider un vieillard aux portes de la mort. Que ce n'était pas un bien grand péché. Mais on savait ce que valaient les arguments de Kake, il était capable d'inventer n'importe quoi. Pourquoi ne s'occupait-il pas lui-même de cette affaire? Linnea était sa tante, après tout. Pertti Lahtela commençait à se dire que son camarade cherchait peut-être à coller cet assassinat sur le dos d'un innocent.

Il trouvait particulièrement désagréable de penser qu'il s'agissait d'attenter à la vie d'une femme. Un tel acte avait toujours quelque chose d'exceptionnel. L'idée même le révoltait. On pouvait à la rigueur tuer un homme, en cas de nécessité et pour se défendre, c'était même assez courant, mais toucher au sexe faible le révulsait.

Pertti Lahtela se trouvait rue Runeberg. La rue Döbeln n'était plus très loin. Il était encore temps de reculer. Et s'il retournait dire à ses camarades que Linnea avait réussi à s'échapper?

Les femmes pouvaient être de vraies anguilles. Il décida d'aller s'asseoir un moment à *L'Élite* afin de réfléchir à cette solution. Il boirait quelques bières en reconsidérant le problème.

Le portier fit hélas obstruction au projet de Pera de se joindre à la clientèle de l'établissement. Il n'y avait là rien d'étonnant, car les yeux du jeune homme brillaient d'un regard d'assassin. Le cerbère jugea qu'il devait être fou, ou pour le moins ivre. Il se souvenait en outre avoir déjà vu cet individu déclencher du grabuge à la terrasse du restaurant. Sans compter qu'il puait la sueur et l'alcool, comme s'il avait récemment dormi en cellule ou dans une cave mal tenue.

« Je regrette, ce n'est pas possible aujourd'hui, bienvenue une autre fois. »

Pera ne put que tourner les talons. En se retrouvant sur le trottoir, la moutarde lui monta au nez. Voilà comment on le traitait ! On ne le laissait même pas boire une bière ou deux où il voulait, bordel ! Alors qu'il était parfaitement à jeun, pour une fois, et qu'il n'avait rien bu depuis qu'il était sorti de cellule.

L'incident scella le sort de la colonelle Linnea Ravaska. Toutes les hésitations de Pera étaient balayées. Furieux, il voua aux gémonies tous les portiers et les colonelles de la terre. Il lui semblait désormais tout à fait juste et naturel de se rendre rue Döbeln pour s'acquitter de la mission qui lui avait été confiée.

Pertti Lahtela prit l'ascenseur et sonna à l'appartement du docteur Jaakko Kivistö. Quelques instants plus tard, Linnea ouvrit craintivement la porte. Le jeune homme entra, forçant le passage, et ordonna à la vieille femme de se taire. Ce n'est qu'alors qu'elle reconnut le camarade de Kauko Nyyssönen. Elle crut mourir de peur.

12

D'un ton sec, Pertti Lahtela ordonna à la colonelle Ravaska de le suivre. Ils iraient d'abord dans un appartement de la rue Eerik, ensuite on verrait.

Linnea s'affola. Elle lisait dans les yeux de l'intrus qu'il nourrissait de noirs desseins, et elle commençait à craindre pour sa vie. Les souvenirs encore frais des horreurs perpétrées à Harmisto défilaient dans son esprit. Ne parviendrait-elle donc jamais à se défaire de Kauko Nyyssönen et de ses cruels acolytes? La vieille femme aurait voulu crier au secours, mais Pertti Lahtela la poussa dans sa chambre, menaçant de la frapper si elle faisait le moindre bruit.

Linnea s'enhardit à demander des nouvelles de Kauko Nyyssönen. Comment allait-il?

Pera expliqua que c'était précisément pour ça qu'il était là. La colonelle avait tenté de tous les empoisonner, Kake, Jari et lui. Il s'en était fallu d'un cheveu qu'ils y passent.

Linnea réfuta l'accusation et affirma qu'elle avait juste voulu surprendre agréablement Kauko et ses amis en leur offrant quelques friandises. Que pouvait-il y avoir de mal à cela? Ces protestations n'eurent aucun effet sur Pertti Lahtela, qui ordonna à la vieille femme de prendre son manteau et de l'accompagner. On irait rue Eerik tirer cette histoire au clair, rien de plus.

Linnea comprit qu'elle se trouvait sans doute face au plus grave danger de son existence. Elle refusa de quitter l'appartement, arguant que le propriétaire allait rentrer d'une minute à l'autre. Lahtela resta de marbre. Elle l'accusa de vouloir l'enlever, ce à quoi il rétorqua que si elle ne lui obéissait pas, il l'assommerait sur-le-champ. À son regard, on voyait que ce n'étaient pas des paroles en l'air.

« Mon Dieu, mais je dois au moins prendre quelques affaires personnelles », bredouilla Linnea. Elle ouvrit le cadenas de sa coiffeuse et commença à en sortir toutes sortes de pots et de flacons dont les femmes ne peuvent se passer en voyage. Pertti Lahtela s'énerva. Il déclara que l'on n'allait pas bien loin, qu'il était inutile de prendre des bagages. Aucun besoin de trimballer des produits de beauté ou des médicaments. L'affaire serait réglée en deux temps trois mouvements, à condition d'y aller sans traînasser.

Linnea continua d'entasser des objets dans

son sac, en expliquant qu'une femme élégante ne pouvait pas suivre comme ça n'importe quel homme, surtout sans ses effets intimes. À son âge, et avec sa santé fragile, il n'était pas non plus question qu'elle sorte, même pour une courte promenade, sans se munir de son traitement. Elle montra à Pertti Lahtela une seringue au réservoir rempli d'un liquide jaune, et soutint qu'elle avait besoin d'une piqûre à heure fixe, sous peine de voir son pancréas cesser définitivement de fonctionner.

Pera se fit la remarque que l'expédition qui se préparait se terminerait par un traitement autrement plus radical.

Il demanda où était le téléphone. La colonelle lui indiqua le salon, dont l'immensité et les beaux meubles anciens le laissèrent stupéfait. Il effleura de la main les lourds rideaux de peluche qui pendaient aux grandes fenêtres et jura entre ses dents que les toubibs se faisaient vraiment des couilles en or.

Lahtela s'arrangea pour que Linnea reste dans sa chambre pendant qu'il passait son appel. Il laissa la porte de communication ouverte, de manière à la tenir à l'œil. Il calculait que la vieille femme, cacochyme et à moitié sourde, ne comprendrait pas depuis l'autre pièce ce qu'il avait à dire...

Il composa le numéro de la cafétéria où travaillait Maritta Lasanen.

« Oui, je voudrais parler à Ritta... Salut, c'est Pera. Écoute, je suis un peu à la bourre. Je voulais juste te dire de ne pas rentrer tout de suite chez toi rue Eerik, et de ne pas non plus y téléphoner. J'ai une petite affaire à régler là-bas. Si tu pouvais passer la nuit ailleurs. OK, à demain. »

Linnea essaya de tendre l'oreille autant qu'elle le pouvait, mais ne distingua rien de la conversation, si ce n'est que Pera parlait d'un appartement rue Eerik. Malgré la brièveté du coup de fil, elle avait eu le temps de glisser dans son sac son vieux manchon en fourrure défraîchi et divers petits objets, dont la seringue qu'elle avait montrée à Lahtela. Le contact du manchon sur sa peau fit remonter en elle des souvenirs d'avant-guerre. À l'époque, elle ne sortait jamais l'hiver sans cet accessoire ; non seulement c'était alors la grande mode, mais cela réchauffait agréablement les mains. Après ses fiançailles avec Rainer, elle avait fait sensation en ville avec son manchon et sa nouvelle veste en fourrure. Qu'était-elle donc devenue, d'ailleurs ? Linnea essaya de s'en souvenir — quel ennui, cette mémoire qui lui jouait des tours, ces temps-ci. Peut-être avait-elle dû la vendre au marché noir, dans les dernières années de guerre, quand on ne trouvait presque plus rien à manger à Helsinki. Oui, cela lui revenait ! Elle l'avait échangée contre un demi-cochon, pendant l'hiver 1943, en février. Elle avait fait une affaire, sa veste était

121

certes en pattes d'astrakan mais la moitié d'une carcasse de porc de bonne taille valait alors bien plus cher.

Son manchon allait à nouveau lui servir. C'était comme un sac à main en poil, dans les profondeurs duquel on pouvait transporter toutes sortes de petites choses utiles. Lahtela s'interrogea sur la nécessité de s'encombrer d'un tel objet. On était en plein été, c'était ridicule de se promener dans la rue avec les pattes dans une boule de poils. Linnea répliqua qu'une vieille femme comme elle, à cause de ses rhumatismes, devait se protéger les mains et surtout les poignets, été comme hiver.

Il était temps de partir. Linnea était de plus en plus certaine que ce serait son dernier voyage.

Entrer dans l'ascenseur, descendre. Pertti Lahtela empoigna le bras frêle de la colonelle et grogna que si elle ne marchait pas sagement et en silence à ses côtés, elle le regretterait. Linnea ne put que suivre son cavalier. Quel spectacle charmant : une vieille dame et son grand fils, bras dessus, bras dessous, en route pour les vertes allées ensoleillées du parc.

Ils allaient donc rue Eerik. D'un pas décidé, Lahtela entraîna fermement la colonelle, par la rue Hesperia, vers le parc du crématorium et les cimetières boisés du bord de mer. Il avait apparemment choisi de gagner le centre par un chemin tranquille.

« Ne me serre pas le bras si fort, mon manchon va tomber et je vais avoir des bleus », se plaignit Linnea, mais Pertti Lahtela ne relâcha pas son étreinte. La vieille femme avait le sentiment d'être menée au supplice. L'homme qui marchait à ses côtés respirait la mort.

Les verdoyants jardins, en ce milieu d'après-midi, étaient presque déserts. Linnea commençait à perdre espoir. Elle n'osait pas se mettre à hurler, son bourreau risquait de lui arracher le bras et de la tuer net sous le coup de la colère. Et qui, dans une grande ville, s'inquiétait de nos jours des cris d'une vieille femme ? Des personnes âgées se faisaient sans arrêt voler et agresser dans la rue, les témoins prenaient tout juste la peine, après les faits, d'appeler une ambulance pour les victimes. On ne pensait qu'à sauver sa peau, on détournait les yeux quand les coups pleuvaient sur d'autres. La société était redevenue aussi brutale qu'au sortir de la guerre, quand on pouvait craindre pour sa tête, à Helsinki, lorsque les soldats qui retrouvaient la vie civile après cinq années de front sillonnaient la ville ivres morts. Mais de quelle guerre les jeunes d'aujourd'hui revenaient-ils, sur quel front avaient-ils défendu la patrie ? Combien d'années Pera, par exemple, avait-il passé à trembler de froid dans les tranchées ? Linnea frissonna en regardant l'homme qui marchait à grands pas à son côté. Elle était persuadée qu'elle ne reviendrait pas de ce voyage. Allait-on seulement rue Eerik? C'était ce dont il avait été question.

Du jardin du souvenir, ils poursuivirent leur route vers le cimetière de Hietaniemi. Linnea demanda si l'on pouvait au passage jeter un coup d'œil à la tombe de Kekkonen, elle n'avait pas encore eu le temps de la voir, sauf en photo bien sûr. Pertti Lahtela aboya qu'on n'était pas là pour regarder des saletés de pierres.

La vieille femme avait l'impression de marcher à la mort. Ce qui était sans doute le cas. Elle repensa une nouvelle fois à la guerre. Quand on avait commencé à dire, à l'époque, que les Allemands enfermaient les Juifs dans des camps de concentration, beaucoup ne l'avaient pas cru. Linnea s'était souvent interrogée sur le sentiment que l'on pouvait éprouver quand on vous arrêtait sans aucune raison et que l'on vous emmenait de chez vous sans que vous sachiez si vous reviendriez jamais. C'était quelque chose que personne ne pouvait réellement imaginer sans avoir subi un jour le même sort. Elle comprenait maintenant mieux ce que les Juifs avaient pu ressentir. On était comme paralysé, incapable d'autre chose que de suivre celui qui vous emmenait, de se rappeler des choses futiles, de marcher comme un automate. Plus le trajet s'allongeait et plus le salut semblait improbable.

Linnea fondit en larmes. Pertti Lahtela perdit patience. Voilà que la vieille se mettait à pleurni-

cher devant tout le monde. Il la rabroua grossiè-
rement, mais la colonelle ne pouvait retenir ses
pleurs.

Comme des gens approchaient, Pertti Lahtela
eut l'idée de se mettre lui aussi à sangloter,
comme en proie à un lourd chagrin. En même
temps, d'une voix brisée, il entreprit de consoler
sa compagne, tentant de la convaincre que la vie
reprendrait encore une fois ses droits... pour par-
faire l'illusion, il ramassa une gerbe sur une
tombe fraîchement fleurie. La ressemblance avec
une famille endeuillée était maintenant parfaite,
les passants, dans les allées du cimetière, pense-
raient voir une vieille femme éplorée, soutenue et
consolée par son petit-fils en larmes, marchant
vers la tombe d'un proche, brisée de douleur,
comme il convient lorsqu'un décès vous frappe.

La colonelle, outrée, sécha ses larmes.

Ils passèrent devant une stèle en granit rouge,
bien connue de Linnea, sous laquelle reposait un
certain capitaine Sjöström, mort après la guerre
de la tuberculose. Elle rougit en se rappelant les
moments qu'elle avait partagés avec le jeune officier, à Petrozavodsk, pendant les longs mois de la
guerre de tranchées.

Se plaignant d'avoir mal aux jambes, elle
demanda à se reposer un moment. Pertti Lahtela
refusa agacé, la rue Eerik n'était plus très loin.
On approchait du cimetière orthodoxe, il ne restait plus ensuite qu'à traverser la rue de Ruo-

holahti. Linnea continua cependant d'insister, tant et si bien qu'il accepta en grommelant de faire halte sur un banc.

Avant de s'asseoir, Linnea essuya le siège en marmonnant qu'il y avait des crottes de pigeon partout. Le regard de Pertti Lahtela, qui ne tenait pas non plus à salir son jean sur des fientes, tomba à cet instant sur le manchon en fourrure de la vieille femme. Il lui ordonna de le lui donner comme coussin. Linnea paniqua : elle tenait sa seringue de poison entre ses doigts, où aurait-elle pu la cacher... elle l'abandonna dans le manchon. Pertti Lahtela se laissa tomber sur la boule de poils, la fine aiguille creuse lui transperça le lard. Sous la brusque douleur, il maudit les femmes et leurs foutues broches. Mais qu'est-ce la vieille trafiquait encore derrière son dos ?.

Au même instant, Pera sentit quelque chose de froid lui couler douloureusement dans la fesse, ses jambes mollirent d'un coup, son cerveau bouillonna, un peu comme la veille après le festin. Il se releva d'un bond, se tâta le derrière, mit la main sur la seringue vide et comprit ce qui venait de se passer.

La colonelle Linnea Ravaska courut se cacher derrière une grande pierre tombale. Pertti Lahtela lâcha un beuglement et voulut la suivre, mais la paralysie qui le gagnait l'empêchait de bouger. Il tenta de prendre appui sur le dossier du banc, sa tête s'affaissa entre ses épaules, sa vue s'obscurcit, il tomba à genoux sur le siège. La bave aux lèvres, il s'affala sans bruit de tout son long. Ses membres s'agitèrent encore un moment, mus par des spasmes d'agonie, ses muscles respiratoires se tétanisèrent et son cœur épuisé cessa de battre. Un silence de mort s'abattit sur le cimetière.

La colonelle Linnea Ravaska s'approcha prudemment de son bourreau. Elle arrangea le corps en position fœtale, lui replia les mains sous la tête comme s'il était simplement endormi sur le banc, à faire la sieste ou à cuver. Elle lui ferma les yeux et tourna son visage vers le dossier. Puis elle rangea son manchon dans son sac et récupéra la seringue vide tombée dans le sable de l'allée.

Au cours de sa longue existence, la colonelle Linnea Ravaska avait souvent été confrontée à la mort — son mari était un militaire de carrière, un tueur, et, en temps de guerre, on accordait peu de prix aux vies humaines. Pourtant, force était d'avouer que l'on ne s'y habituait jamais. La vieille femme se sentait à la fois honteuse et soulagée du brusque trépas de la jeune brute.

« Dieu merci, tu as eu ce que tu méritais. »

Elle inspecta les poches du défunt : elles contenaient toutes sortes de bricoles, quelques dizaines de marks, un trousseau de clefs et un bulletin de loto rempli. Linnea prit le papier et les clefs, laissant les autres objets et l'argent.

127

Puis elle contempla un instant les tombes silencieuses, il n'y avait personne en vue, seuls quelques écureuils à la queue touffue pointaient le museau derrière les stèles pour mendier des friandises. La colonelle songea que c'était toujours la même chose : le cimetière de Hietaniemi grouillait d'écureuils quand on n'avait rien à leur donner. Mais quand on y venait exprès pour les nourrir, on n'en voyait plus l'ombre d'un.

« Si vous êtes sages, demain, vous aurez tout ce que vous voudrez », leur promit-elle.

Linnea ramassa la gerbe détournée par Pertti Lahtela. Son intention était de la remettre là où il l'avait prise, mais il y avait tellement de tombes fraîchement fleuries qu'elle ne parvint pas à déterminer d'où elle venait. Elle décida donc de la déposer sur celle d'Urho Kekkonen.

Elle eut un instant l'impression un peu macabre que le jeune homme était mort pour lui donner l'occasion de voir la tombe de l'ancien président. Le monument était sombre et imposant. Dans le haut de la stèle s'ouvrait une entaille évoquant une vague, ou un sillon de charrue. Le symbole n'était pas mal choisi, tout compte fait, Kekkonen avait été de son vivant d'une grande fécondité, à tous les sens du terme, Linnea s'en souvenait encore très bien. Une vraie tête de pioche, mais qui avait son charme. Urho aurait certainement fini général s'il s'était consacré au métier des armes.

Linnea déposa son bouquet. Il était orné d'un ruban de soie bleu et blanc sur lequel était écrit en lettres d'or : « À notre très cher et respecté mentor, avec nos regrets éternels. Association des anciennes élèves des universités d'Uusimaa. »

La colonelle Linnea Ravaska reprit d'un pas lent le chemin de Töölö. Elle se sentait merveilleusement légère, pour la première fois depuis longtemps.

13

Quand la colonelle Ravaska arriva rue Döbeln, elle y trouva le docteur Jaakko Kivistö rongé d'inquiétude. Il lui demanda où elle était passée, non qu'il veuille en aucune manière surveiller ses allées et venues, mais parce qu'il était sincèrement préoccupé pour elle. Linnea répondit qu'elle était partie se promener, dans le parc et jusqu'au cimetière de Hietaniemi. Jaakko lui fit remarquer qu'il convenait d'être prudent, par les temps qui couraient, lorsque l'on déambulait seul dans la rue. Des vieillards se faisaient maintenant agresser en plein jour, quel monde !

Linnea se plaignit d'avoir mal à la tête — ce qui était d'ailleurs vrai, comme toujours quand elle avait eu des émotions fortes — et fit part à Jaakko de son désir de se retirer dans sa chambre afin d'y faire la sieste. Elle avait besoin de réfléchir en paix aux événements qui venaient de se produire. Le médecin comprenait fort bien son souhait. Il avait fait un saut au marché, pendant qu'il était dans le centre, et avait acheté des fleurs et quelques légumes de primeur — elle pouvait tranquillement dormir jusqu'au soir, il se chargerait de préparer un dîner léger.

Sur la petite table de sa chambre, la vieille colonelle trouva en effet un odorant bouquet de tulipes jaunes. Leur vue lui réchauffa le cœur. Jaakko n'avait pas changé, il pensait toujours à offrir des fleurs aux femmes et à prendre des nouvelles de leur santé. Un tact tout médical. Rainer ne s'était jamais inquiété de savoir comment elle allait, c'était sans doute le genre de choses qui ne venait pas à l'esprit d'un militaire, les soldats étaient formés à tuer, contrairement aux médecins, dont la mission était de guérir les malades. Lorsqu'il arrivait au colonel Ravaska d'apporter des fleurs à son épouse, cela signifiait en général qu'il avait quelque chose à se reprocher. En général une aventure féminine, ou une soûlerie, ou encore une partie de cartes, passe-temps auquel il s'adonnait parfois. Linnea trouvait inconvenant que des officiers flambent leur paie dans des jeux de hasard, leurs revenus n'y suffisaient pas, mais, curieusement, ils s'y livraient toujours bien plus que de raison. Elle imaginait mal le docteur Kivistö en train de faire un poker avec quelques confrères, surtout pour de l'argent.

Jaakko était donc égal à lui-même. Bientôt, il se mettrait sans doute à lui faire la cour comme dans le temps. D'ailleurs pourquoi pas, elle l'aimait bien, mais le décès du cimetière avait été un tel choc qu'elle n'était pas disposée à se laisser conter fleurette pour l'instant, même par un charmant vieux médecin.

Linnea s'étendit sur son lit afin de réfléchir à ce qu'il convenait de faire du corps de Pertti Lahtela. Devait-elle, par exemple, téléphoner au service technique du nettoiement et demander — anonymement bien sûr — qu'on enlève le cadavre ? Ou fallait-il prévenir les pompes funèbres ? Elle ne voulait pas mêler la police à l'affaire. Peut-être suffisait-il de ne rien faire, d'attendre que les événements suivent leur cours ? Elle ferma les yeux et tenta de chasser le problème de son esprit. La mort qu'elle avait causée ne pesait guère sur sa conscience. Peut-être était-elle déjà trop vieille et dure à cuire ? L'idée l'amusa, un discret sourire flotta sur ses lèvres, et elle s'endormit d'un sommeil léger.

Le lendemain matin, Linnea s'éveilla fraîche et dispose. C'était tant mieux, car elle allait avoir besoin de toute son énergie. Le plus grand désordre régnait dans ses affaires et sa vie avait pris ces derniers temps bien des tours surprenants. Elle devait presque faire un effort pour se rappeler tout ce qui s'était produit. Pour commencer, elle s'était définitivement fâchée avec Kauko Nyyssönen et son gang. Puis elle avait quitté Harmisto pour Helsinki et mis sa métairie en vente. Son chat avait été tué. Et voilà qu'elle vivait avec un homme — pour une femme de son âge, c'était aussi un changement auquel il valait mieux réfléchir à deux fois. Elle avait également concocté des poisons et, pour finir, il y avait eu un mort. Les événements s'étaient vraiment précipités, depuis peu, et l'avenir ne s'annonçait guère plus calme.

La première urgence était de s'occuper du corps de Pertti Lahtela. La vente de la fermette et le flirt avec Jaakko Kivistö pouvaient attendre.

Le médecin, comme à l'accoutumée, lui souhaita le bonjour en lui portant un appétissant petit déjeuner au lit. Une fois qu'il l'eut laissée seule, Linnea mangea rapidement, fit sa toilette, s'habilla et se maquilla légèrement, comme il convenait à cette heure du jour. Puis elle examina les clefs et la grille de loto qu'elle avait récupérées la veille dans les poches de Lahtela. Le porte-clefs portait une inscription au stylo à bille : Ritta & Pera. La colonelle pensa aussitôt à la rue Eerik. Le bulletin de loto — un abonnement de cinq semaines — était rempli d'une écriture de jeune femme, ronde et simple, avec le nom et l'adresse de la joueuse, Maritta Lasanen, rue Eerik. Celle-ci l'avait sans doute donné à Pera, avec la somme correspondante, en lui demandant de le déposer pour elle au guichet. Il avait naturellement pris l'argent et oublié le papier dans sa poche.

Linnea décida d'aller voir le corps de Pertti Lahtela. Elle pourrait en même temps téléphoner à Maritta Lasanen, peut-être serait-il possible, par son intermédiaire, d'avoir des nouvelles de Nyyssönen et de Fagerström.

Jaakko Kivistö proposa à Linnea de l'accompagner dans sa promenade matinale, mais elle l'en dissuada, arguant que, comme tous les gens de son âge, elle avait besoin de longues heures de solitude. Elle ajouta qu'elle achèterait des amandes et irait nourrir les écureuils au cimetière de Hietaniemi. Elle pourrait par la même occasion se recueillir sur les tombes de vieux amis. Le médecin, compréhensif, n'insista pas.

Dieu que l'été était beau... Linnea suivit pas à pas le chemin par lequel Pertti Lahtela l'avait entraînée la veille. Goûtant la beauté des parcs et du bord de mer, elle longea le jardin du souvenir et entra dans le cimetière de Hietaniemi.

La colonelle s'approcha prudemment de l'endroit où le jeune homme avait trouvé la mort. Était-il bien sage de se montrer là dès le lendemain? Et si la police guettait le coupable? L'assassin revient toujours sur les lieux de son crime, dit-on. L'adage se vérifiait en tout cas cette fois, mais Linnea ne se considérait pas pour autant comme une meurtrière. C'était Pertti Lahtela lui-même qui s'était assis sur l'aiguille empoisonnée. Le poids des choses avait littéralement fait le reste.

Linnea n'avait aucun projet précis pour le corps. Elle avait juste le sentiment qu'elle devait aller le voir : il était mort de sa main et elle s'en sentait responsable, elle n'avait pas le droit de l'abandonner, de le laisser pourrir sans rien faire sur un banc du cimetière.

La vieille colonelle se fit la réflexion que les hommes et les femmes se comportaient de manière très différente face aux cadavres. Les hommes, et surtout les soldats, se moquaient bien de l'aspect que pouvaient avoir les défunts, ils n'éprouvaient pour eux ni tendresse ni respect, même quand ils les avaient tués eux-mêmes. Les guerres en étaient un bon exemple, les hommes enterraient sans état d'âme leurs ennemis pêle-mêle dans des fosses communes, sans cercueils ni croix. Dans la même situation, les femmes auraient à coup sûr veillé à ce que les morts du camp adverse soient correctement traités. Les cercueils auraient été décorés de dentelles et de fleurs et de pieuses cérémonies auraient été organisées pour accompagner les combattants ennemis jusqu'à leur dernière demeure.

Linnea parvint enfin au cimetière. L'endroit était désert, il n'y avait pas trace de policiers ni de fourgon funéraire, mais pas non plus de défunt. Le corps de Pertti Lahtela ne reposait plus sur le banc. Ce dernier était vide, rien ne laissait penser qu'un homme y était mort empoisonné la veille et qu'il y avait eu là un cadavre.

Soulagée d'un énorme poids, la colonelle Ravaska s'assit sur le banc. Elle réfléchit : quelqu'un avait enlevé le corps ; il n'avait pas pu quitter seul le cimetière. Qui pouvait s'en être chargé ? La police ? Le gardien du cimetière ? Kauko Nyyssönen ? Maritta Lasanen ? Un inconnu avait-il volé le cadavre dans d'innommables desseins ? Il était paraît-il arrivé que des défunts disparaissent de la morgue pour servir à de sataniques orgies nocturnes de fêlés du cerveau. Mais sans doute le corps défraîchi de Pertti Lahtela n'intéressait-il pas de tels monstres. Les questions se pressaient dans l'esprit de la vieille femme, mais le cimetière muet n'avait rien à répondre.

Linnea sortit de son sac les délicieuses amandes qu'elle avait apportées. « Petits, petits, petits », lança-t-elle à l'intention des écureuils affamés. Comme il fallait s'y attendre, il n'y en avait apparemment pas un seul dans tout le cimetière. La colonelle éparpilla le contenu du sachet sur les tertres les plus proches et se tourna pour rentrer chez elle. Eh oui, c'était déjà ainsi qu'elle voyait l'appartement de Jaakko Kivistö. Les personnes âgées s'habituent vite au changement, elles aussi, quand on prend soin d'elles.

En chemin, Linnea passa acheter une flasque

de cognac pour Jaakko et un peu de xérès pour elle-même. Elle se sentait d'humeur à vider quelques verres dans la soirée. Et elle aurait aussi volontiers offert une bonne bouteille à celui qui avait aimablement pris sur lui d'évacuer le corps de Pertti Lahtela du cimetière.

Dans une cabine téléphonique, la vieille colonelle appela Maritta Lasanen au numéro qu'elle trouva dans l'annuaire. La voix tendue de Kauko Nyyssönen retentit au bout du fil. Elle lui raccrocha au nez. Elle faisait rarement preuve d'une telle grossièreté mais, dans le cas présent, elle n'avait pas le choix.

14

Kauko Nyyssönen et Jari Fagerström, tirant
des têtes d'enterrement, tournaient en rond dans
le studio de Maritta Lasanen. Ils attendaient
depuis la veille au soir que leur camarade Pertti
Lahtela les rejoigne avec Linnea, mais il avait disparu sans laisser de traces. Jari, comme convenu,
avait volé un break Volvo. Le plein d'essence était
fait. Kake avait apporté des sacs-poubelle et une
hache, en prévision de la liquidation de sa tante.
Mais Pera n'arrivait pas, et la colonelle non plus,
par voie de conséquence.

Les deux hommes appelèrent Ritta à son travail. Elle leur raconta que Pera lui avait simplement téléphoné la veille, un peu énervé, pour lui
dire qu'il voulait être seul rue Eerik.

« Il avait une affaire personnelle à régler, c'est
tout ce que je sais. »

Ritta avait passé la nuit chez une collègue et
n'avait rien de plus à leur apprendre. Il arrivait
bien sûr à Pera, et plus souvent qu'à son tour, de

disparaître quelques jours. Il pouvait traîner Dieu sait où pendant plus de deux semaines, parfois, mais jusque-là il était toujours revenu dès qu'il s'était trouvé à court d'argent.

Kake et Jari se gardèrent bien d'informer Ritta de la nature de la mission au cours de laquelle Pertti Lahtela avait été porté manquant. La jeune femme leur annonça qu'elle entendait rentrer chez elle le soir même et qu'ils avaient intérêt à débarrasser le plancher.

Jari Fagerström, soupçonnait Pera d'avoir tourné casaque, paniqué et laissé échapper Linnea. Il aurait fallu dès le début prendre toute cette affaire plus au sérieux. Si on l'avait laissé s'en occuper, la vioque serait déjà depuis des lustres en train de moisir au fond d'une sablière. Kake pria son camarade de parler de sa tante avec plus de respect. Linnea était certes une ignoble empoisonneuse, mais elle était quand même sa lointaine parente, ne fût-ce que par alliance.

Les deux hommes échafaudèrent des hypothèses sur la manière dont la colonelle avait pu filer entre les doigts de Lahtela. Peut-être était-il en ce moment même en train de la pourchasser à travers tout le pays?

Il était aussi possible, bien sûr, que Linnea se soit rebiffée et qu'il soit arrivé quelque chose à Pera. Cette éventualité paraissait toutefois purement théorique. Une vieillarde cacochyme ne pouvait pas être bien dangereuse, même si l'on en voulait à sa vie.

Dans l'après-midi, il y eut un coup de fil étrange. Nyyssönen répondit. Était-ce enfin Pertti Lahtela? Mais le correspondant lui raccrocha brutalement au nez sans un mot. Jari supposa qu'il s'agissait de Pera — il essayait peut-être d'appeler d'une cabine, mais elles ne marchaient jamais, avec toutes ces ordures qui les démolissaient plus vite que les services d'entretien n'arrivaient à les réparer.

Kake lui fit remarquer qu'il avait lui-même réduit en miettes plus d'une centaine de téléphones publics. Ils se chamaillèrent un moment sur la question, jusqu'à ce qu'un nouvel appel retentisse. C'était la police, qui demandait à parler à l'aide-cuisinière Maritta Lasanen. Kauko Nyyssönen répondit qu'elle était à son travail, à cette heure de la journée, et demanda ce qu'on lui voulait. Il assura que Ritta était une bonne fille, les enquêteurs faisaient fausse route s'ils la soupçonnaient de quoi que ce soit d'illicite.

Son interlocuteur coupa la conversation sans plus d'explications.

Une heure plus tard, Maritta arriva en larmes rue Eerik. Elle expliqua que la police lui avait téléphoné chez son employeur pour lui annoncer que Pertti Lahtela avait été trouvé mort au cimetière de Hietaniemi.

« Il était allongé sur un banc, les mains sous

la tête. Un passant s'est arrêté pour l'engueuler, comme quoi c'était une honte de ronfler soûl dans un lieu sacré et que c'était des types comme lui, après, qui brisaient et renversaient les stèles... et puis, comme Pera ne réagissait pas, il s'est approché de lui et l'a tiré par la manche en lui ordonnant de décamper. Pera ne lui a pas obéi, évidemment, puisqu'il était mort. Alors l'autre a commencé à le secouer plus fort et il a roulé par terre. C'est là qu'il a compris qu'il avait affaire à un cadavre. C'est ce que la police m'a raconté, et maintenant il faut que j'aille voir Pera à la morgue, ils veulent lui faire une autopsie et toutes sortes de trucs horribles. »

La nouvelle du décès de leur meilleur copain abasourdit Jari Fagerström et Kauko Nyyssönen. Quand Ritta leur demanda ce que Pera faisait à Hietaniemi, ils prétendirent ne pas en avoir la moindre idée. Ils n'arrivaient pas à croire qu'il soit mort. Ritta essaya de savoir s'il n'y avait pas un coup tordu derrière tout ça, mais ils nièrent farouchement avoir en train quelque projet que ce soit. Ils expliquèrent qu'il ne fallait surtout pas les impliquer dans cette affaire. Non qu'ils aient quoi que ce soit à cacher, au contraire, et c'était bien pour ça que ça ne les regardait pas ; ils ne souhaitaient pas être interrogés par la police, tout simplement parce qu'ils n'avaient aucune responsabilité dans ce qui s'était passé.

Qui donc voudrait être mêlé à la disparition d'un ami ?

Nyyssönen et Fagerström annoncèrent à Ritta qu'ils allaient la laisser et retourner dans la cave de la rue d'Uusimaa, puisqu'il était clair que ce n'était plus la peine d'attendre Pera. Ils promirent de lui téléphoner pour prendre des nouvelles.

Une fois dehors, les deux hommes méditèrent, bouleversés, sur le sort de Pera. Quelles conclusions fallait-il en tirer ? Linnea était-elle en vie ? La vieille empoisonneuse avait-elle réussi à tuer leur copain ? Comment savoir ? Nyyssönen décida de téléphoner chez le docteur Jaakko Kivistö. Il était si nerveux qu'il fit deux faux numéros, dans la cabine, avant d'obtenir la communication. La voix de Linnea annonça aimablement :

« Cabinet du docteur Jaakko Kivistö, bonjour. En quoi puis-je vous être utile ? »

Kauko Nyyssönen faillit s'étrangler. La vieille avait le culot de répondre elle-même au téléphone ! Il rugit :

« Linnea, nom de Dieu... tu es vivante ? »

La colonelle prit un ton offusqué. Bien sûr, elle était vivante. Aurait-elle dû être morte ? Et pourquoi Kauko la harcelait-il encore ? Elle déclara qu'elle en avait plus qu'assez de lui et de ses détestables fréquentations.

Kake s'empressa de demander des nouvelles

de Pertti Lahtela. Était-il passé la saluer ? Linnea répliqua froidement que ce bon à rien avait en effet sonné à sa porte mais qu'elle n'avait pas ouvert, et que d'ailleurs elle n'ouvrirait pas non plus à Kauko, qu'il le sache bien. Elle le pria aussi de ne plus jamais lui téléphoner, s'il ne voulait pas s'attirer d'ennuis, et raccrocha.

Kauko Nyyssönen sortit de la cabine baigné de sueur. Il annonça à Jari Fagerström que Linnea était en vie, et plus teigneuse que jamais. D'après elle, Pera avait sonné à sa porte, mais rien d'autre.

Les deux hommes pesèrent la situation. Jari était d'avis que Linnea avait tué Pera. Nyyssönen partageait son point de vue.

« J'ai comme l'impression qu'elle nous a aussi dans le collimateur », dit-il la mine grave.

Restée seule, Ritta Lasanen alla dans la salle de bains laver sa figure gonflée de larmes, se maquiller à grands traits et mettre du rouge à lèvres.

Elle se regarda dans la glace — une jeune femme au visage rond, à l'air stupide mais au cœur d'or, privée d'homme pour la première fois de sa vie par un funeste accident. Ritta se sentait veuve. Pas tout à fait officiellement, car elle n'avait été que secrètement fiancée à Pertti Lahtela, mais quand même. Pera avait de la famille éloignée quelque part à la campagne, à

Hollola, lui semblait-il, c'était sans doute là qu'il faudrait expédier le corps. À moins qu'il ne lui revienne d'organiser les funérailles ? Combien pouvait coûter un enterrement ? Elle eut de nouveau envie de pleurer. Elle avait toujours été abandonnée, d'abord sa mère, puis son père, et enfin Pera, plus d'une fois. Et voilà qu'il était mort. Son corps exigeait pourtant encore divers services. Elle avait peur d'aller à l'hôtel de police de Pasila, et de là voir le défunt à la morgue.

Maritta Lasanen, dans les jours qui suivirent, se trouva confrontée à de nombreux problèmes administratifs. Elle rencontra pour commencer des enquêteurs, qui lui répétèrent la même chose qu'au téléphone. Lahtela n'ayant aucun parent à Helsinki, c'était à sa compagne qu'il incombait de s'occuper de l'enterrement et des autres formalités, à moins qu'elle ne préfère s'en remettre aux services municipaux. Maritta se rendit ensuite à l'institut médico-légal de Ruskeasuo, afin de reconnaître le corps.

Pera avait l'air tout à fait normal, un peu comme de son vivant après quelques jours de beuverie. Il avait les joues bouffies et un air à demi surpris.

La morgue était un endroit plutôt lugubre. Maritta n'osa pas se mettre à pleurer dans la chambre froide mais, une fois dehors dans la chaleur de l'été, elle éclata en sanglots et versa sans retenue de grosses larmes.

L'autopsie permit de conclure que Pertti Lahtela était mort d'une overdose. Le jeune toxico portait une trace d'injection à la fesse gauche — façon assez inhabituelle de se piquer, constatait le rapport. Maritta Lasanen fut à nouveau entendue, on lui demanda si elle se droguait elle aussi, si Lahtela était un dealer et d'autres choses tout aussi folles. Puis des enquêteurs vinrent fouiner chez elle. Ils s'étonnèrent de trouver une hache sous le canapé du studio. Elle ne débitait quand même pas du bois de chauffage en pleine ville ? Ritta ne sut que répondre, l'objet avait été oublié là par Nyyssönen. Les représentants de l'ordre se demandèrent s'ils devaient confisquer cette arme tranchante, décidèrent que oui et l'emportèrent après avoir rédigé un reçu pour la jeune femme. Grand bien leur fasse.

Maritta possédait désormais toutes sortes de papiers ayant trait à Pera, certificats de décès, procès-verbaux d'interrogatoire et autres reçus. Jamais de sa vie on n'avait pris autant soin de lui que depuis qu'il était mort.

Maritta rendit visite à Kake et à Jari, dans la cave de la rue d'Uusimaa où ils se terraient, l'air inquiet, à boire de la bière tiède. Elle aurait aimé qu'ils organisent un petit casse pour payer l'enterrement de Pera. Était-ce trop demander ? Kauko Nyyssönen et Jari Fagerström se déclarèrent scandalisés. Comment avait-elle le front

145

de leur suggérer des activités criminelles, surtout maintenant, alors qu'ils portaient le deuil de leur bon vieux camarade? Ils refusèrent d'une seule voix, arguant qu'il ne convenait pas d'accompagner un ami à sa dernière demeure avec de l'argent mal acquis. D'ailleurs on n'improvisait pas des coups comme ça, le défunt aurait le temps de pourrir avant que les fonds soient réunis.

Nyyssönen suggéra à Ritta de mettre la main sur la mère ou le père de Pera et de les laisser s'occuper de l'enterrement. La jeune femme lui fit remarquer que son copain avait grandi dans un orphelinat et n'avait jamais rien voulu savoir de ses parents qui n'étaient d'ailleurs sans doute plus de ce monde.

Kake et Jari étaient de vrais salauds. D'habitude, ils étaient prêts à toutes les arnaques, mais dès qu'une pauvre veuve abandonnée venait leur demander de l'aide, ils se prétendaient soudain honnêtes. Ulcérée, Maritta Lasanen regagna son studio. Elle était à bout de nerfs.

« Pourquoi les mecs coûtent-ils si cher? » se lamenta-t-elle, inconsolable. Si seulement elle avait eu une amie à qui confier ses soucis, mais personne ne la prenait jamais au sérieux. Elle se rendait compte qu'on la jugeait idiote. Et c'était sans doute vrai, elle savait bien qu'elle était bête, mais était-ce une raison pour être aussi méchant avec elle. À la maison, on l'avait traitée de bécasse dès la plus tendre enfance; à l'école, elle avait redoublé année après année et porté la croix de dernière de la classe. Ensuite, elle n'avait trouvé que des emplois mal payés, de ceux que seuls les imbéciles acceptent, mais, même là, on lui parlait parfois franchement comme à une débile et on riait de tout ce qu'elle faisait que ce soit bien ou mal. C'était terriblement injuste, et désespérant, il n'aurait pas fallu accabler ainsi sans répit les gens, ni les trahir, comme Kake et Jari à l'instant. Les hommes étaient souvent pires que les femmes.

Le téléphone sonna, c'était une vieille dame distinguée à la voix douce et aimable. Très poliment, avec des mots choisis, elle la pria de l'excuser si elle appelait à un mauvais moment. Elle avait cru comprendre que mademoiselle Lasanen avait récemment subi une perte cruelle et voulait savoir si elle pouvait l'aider de quelque manière que ce soit.

« Oui, mon copain est mort, il a fait une overdose, ou quelque chose de ce genre. Je ne sais pas comment je vais me sortir de cette galère », bafouilla Maritta.

L'inconnue, au téléphone, lui présenta avec tact ses condoléances et lui proposa de la rencontrer. Parler de ces problèmes entre femmes lui ferait peut-être du bien. La dame expliqua qu'elle était déjà très âgée et qu'il ne lui restait plus longtemps à vivre. Elle avait donc décidé de consacrer ses dernières années à aider ses semblables et à les soutenir dans leur travail de deuil. Cela n'avait rien d'officiel, elle n'était qu'une citoyenne ordinaire, sensible à la détresse de son prochain et désireuse de la soulager, qui avait du temps et quelques moyens pour une telle œuvre de charité — si l'on pouvait employer ce mot.

« Vous connaissiez Pera, ou comment vous avez su ? » demanda Maritta émue par tant de bonté.

La voix au bout du fil déclara qu'elle ne connaissait pas très bien le défunt, mais qu'elle l'avait quelquefois rencontré. Elles pourraient en parler plus longuement en tête-à-tête.

Les deux femmes convinrent de se retrouver au café *Ekberg,* sur le boulevard. Ritta aurait volontiers donné rendez-vous à sa correspondante dans le bar à matelots voisin, mais celle-ci objecta que l'endroit risquait d'être trop bruyant pour un entretien confidentiel.

15

La colonelle Linnea Ravaska arriva chez
Ekberg le lendemain à l'heure dite. Quand
Maritta Lasanen lui avait demandé comment
elle la reconnaîtrait, elle lui avait indiqué qu'elle
était âgée de près de quatre-vingts ans, qu'elle
porterait un tailleur bleu clair et un chapeau
assorti orné d'un petit bouquet gris foncé sur le
côté gauche. Avec un tel signalement, elle ne
pouvait pas se tromper. La vieille dame choisit
une table près de la fenêtre, côté rue, et s'installa
pour attendre la quasi-veuve de Pertti Lahtela.
Elle commanda deux thés, ainsi que des pâtisseries au chocolat fourrées à la confiture d'abricot.

Elle vit bientôt entrer dans le café une jeune
femme au visage rond et à l'air décidé, de vingt-
cinq ans peut-être, vêtue d'une jupe bleu électrique et d'un T-shirt noir à manches longues.
Elle était lourdement maquillée et ses aisselles
exhalaient un puissant parfum d'eau de toilette.
Elle regarda autour d'elle, aperçut Linnea et

s'approcha. Elle se présenta : Maritta Lasanen, mais tout le monde m'appelle Ritta. Linnea lui tendit la main sans se lever de sa chaise et marmonna vaguement un nom qu'elle ne comprit pas elle-même.

On apporta le thé et les gâteaux.

À la façon de parler de la jeune femme, on voyait qu'elle n'avait pas poussé ses études très loin, ni grand-chose d'autre d'ailleurs. Elle avait pourtant un côté séduisant, sans doute dû à la franchise et à la candeur dont elle rayonnait. La vieille colonelle la trouva tout de suite sympathique, bien qu'elle fût à l'évidence d'une classe sociale inférieure à la sienne.

Maritta Lasanen avait beaucoup pleuré ces derniers temps, et sans doute aussi veillé, comme l'attestaient l'épaisseur de son fond de teint, ses traits tirés et son visage un peu bouffi, malgré sa chair ferme et élastique. Elle avait une jolie peau, songea Linnea, et avec un maquillage plus discret et mieux étudié, elle aurait même pu être belle et attrayante. Pour l'instant, elle donnait hélas surtout l'impression d'une pauvre fille un peu simplette dont les affaires n'allaient pas très fort.

La vieille colonelle lui parla d'un ton maternel. Elle eut bientôt totalement gagné sa confiance, et elle constata que la jeune femme s'adressait à elle comme à une mère, ou comme à sa meilleure amie, évoquant sans détour son existence et sa situation du moment, la vie et la mort de Pera, ses amis, et tous les problèmes qu'elle avait à surmonter.

« Tu es tout à fait le genre de jeune femme méritante que je voudrais aider, si tu le permets », glissa Linnea au détour d'une phrase, et elle pensait ce qu'elle disait.

Maritta lui expliqua qu'elle avait dû aller reconnaître le corps de Pera à la morgue de l'institut médico-légal de Ruskeasuo, ç'avait été affreux ; elle décrivit aussi en détail l'endroit où il avait été trouvé et les causes de sa mort. Pera était son promis, ils s'étaient secrètement fiancés l'hiver précédent et, depuis, il habitait chez elle. Il lui avait raconté qu'un de ses amis avait des relations haut placées : une vieille rombière sans cœur, terriblement riche, qui habitait quelque part au fond des bois, du côté de Siuntio, et qui ne tarderait pas à claquer.

La jeune femme poursuivit sur le sujet. Il s'agissait d'une veuve de colonel, pleine aux as mais incroyablement pingre, au point de refuser d'aider son neveu dans le besoin. Ce dernier, un certain Kake Nyyssönen, se faisait malgré tout un devoir de rendre visite à cette horrible vieille une fois par mois, pour ne pas l'abandonner à sa solitude. Mais elle ne lui en était même pas reconnaissante, au contraire, elle avait essayé de chasser Kake et ses camarades de chez elle et avait fini par lancer la police sur eux.

« On n'imaginerait pas que ça existe, des sorcières pareilles », soupira Maritta Lasanen. Elle ajouta aussitôt que toutes les personnes âgées n'étaient évidemment pas méchantes — madame, par exemple, était un ange. Enfin, quoi qu'il en soit, Pera lui avait promis que quand Kake Nyyssönen aurait mis la main sur le magot de sa tante, ils auraient eux aussi de quoi se marier et partir en voyage de noces, au moins à Copenhague, ou pourquoi pas aux Canaries.

« Il avait tellement de projets merveilleux... même s'ils n'aboutissaient jamais à rien. Il était plutôt sympa, dans un sens, quand il était à jeun, mais quand il avait bu il me frappait à chaque fois, j'étais toujours couverte de bleus. »

Maritta montra ses bras constellés de croûtes et de contusions.

« Je les dois à mon pauvre Pera en personne, expliqua-t-elle étrangement émue. J'ai décidé de ne pas les maquiller, aussi longtemps qu'ils seront visibles, en souvenir de lui... »

La jeune femme expliqua que son fiancé avait justement piqué une colère épouvantable, quelques jours avant sa mort ; il s'était retrouvé au trou avec ses copains, sans aucune raison, et comme elle n'avait rien trouvé à dire à ce sujet, il s'était de nouveau mis à lui taper dessus. Elle se plaignit de ne pas pouvoir porter de hauts à manches courtes, même en été, parce qu'elle avait honte d'avoir sans cesse des ecchymoses.

Pera avait aussi l'habitude de l'obliger à se doucher tout habillée, pour ensuite lui enlever ses fringues mouillées au lit. Elle avait toujours pensé qu'il était un peu pervers.

« Ça me terrifiait, parfois, de me demander ce qu'il irait inventer une fois qu'on serait mariés. Maintenant, bien sûr, il ne me frappe plus et ne m'envoie plus sous la douche avec mes vêtements, puisqu'il est... mort. »

Maritta fondit en larmes. Linnea tendit son mouchoir à la jeune femme éprouvée et lui posa une main protectrice sur l'épaule. Bientôt, elle se calma et déclara que personne au monde ne l'avait jamais traitée avec autant de gentillesse que madame. Linnea l'invita à la tutoyer et à l'appeler par son prénom — Tyyne, mentit-elle. Maritta n'en fit pourtant rien, par respect pour son âge et ses manières distinguées.

La colonelle demanda quand aurait lieu l'enterrement de Pertti, et qui s'occupait des dispositions à prendre. La jeune femme expliqua qu'on lui avait remis le certificat de décès, les autorités considéraient sans doute que la tâche lui incombait puisqu'elle était la fiancée — la concubine, avait dit la police — du défunt. Mais elle n'avait pas d'argent, le peu qui lui restait après avoir payé le loyer et la nourriture finissait dans les poches de Pera, qui était toujours fauché parce qu'il ne trouvait aucun travail qui lui convienne. Ce n'était pas son genre d'accepter n'importe quel petit boulot. Le prix des obsèques effrayait Maritta, elle avait entendu dire que les funérailles de certaines célébrités coûtaient des sommes astronomiques. Elle toucherait sa paie dans quelques jours : il lui resterait, après avoir réglé le terme, quelque chose comme 1 700 marks, dont 500 iraient aussitôt à Pera...

Linnea lui fit remarquer qu'elle n'avait plus à s'en faire pour ces 500 marks-là.

« Ah oui, ce que je suis gourde », reconnut Ritta. Mais la somme ne suffirait pas pour autant à couvrir les frais d'enterrement, lui semblait-il. Elle avait retourné toute la nuit le problème dans sa tête.

Avec enthousiasme, elle exposa tout ce qu'elle était prête à faire de ses mains, afin de réduire les frais. Déjà, si on incinérait Pera, un cercueil bas de gamme suffirait, il brûlerait de toute façon avec le corps et n'avait donc pas besoin d'être très solide, ni de très bonne qualité. Elle était bonne couturière, elle pourrait confectionner elle-même le linceul et recouvrir le cercueil d'un tissu blanc, si on trouvait quelque part un socle convenable... elle pouvait bien sûr aussi laver le corps, est-ce que ça ne coûtait pas affreusement cher, ce genre de services ? Elle était habituée à nettoyer Pera chaque fois qu'il était soûl — mort ou ivre mort, n'était-ce pas un peu la même chose ? Et elle était bien sûr capable de lui poudrer le visage afin de lui donner l'air plus vivant, il n'était pas non plus indispensable de confier ce travail aux pompes funèbres, contre rémunération. Elle avait souvent maquillé Pera quand il rentrait avec un œil au beurre noir, après une bagarre. La jeune femme pensait aussi savoir tresser une couronne, il suffisait de cueillir quelque part des branches de sapin et de genévrier, il devait bien en pousser dans le Parc central. Il resterait certes quelques petites choses à acheter, comme de quoi nourrir Kake et Jari — Pera n'avait sans doute pas d'autres amis. On pourrait organiser le repas funèbre rue Eerik, à condition de faire le ménage à fond et de décorer le studio avec des feuillages ou du papier crépon noir, par exemple, ça ferait sûrement l'affaire...

« Heureusement que je ne paie pas grand-chose, comme loyer, sinon je ne pourrais pas avoir cette piaule, ça me coûte 1 500 marks par mois, plus une soirée tous les quinze jours avec le proprio. Je ne m'en sortirais pas, sans ça. »

Ritta expliqua qu'il n'y avait pas le moindre espoir de trouver un logement correct dans le centre, sauf pour un prix effroyable ou en payant... de sa personne. Toutes les filles désargentées en passaient par là, c'était le seul moyen, à Helsinki, et maintenant aussi à Turku, d'après une copine qui assurait qu'on était obligé de

155

régler le loyer en nature si on voulait habiter près de la cathédrale.

« J'ai de la chance, mon propriétaire vit à Lahti et ne vient me voir que deux fois par mois, en plus il sent bon, il s'asperge toujours de déodorant sous les bras, il ne me fait pas de suçons dans le cou et il me vouvoie. Je ferais même ça pour rien, avec lui, tellement il est gentil. »

Linnea fut prise d'une telle pitié pour l'héroïque et dévouée jeune femme qu'elle promit de l'aider à organiser les obsèques ; elle fit valoir qu'elle avait eu l'occasion, au cours de sa longue vie, d'accompagner à leur dernière demeure un certain nombre de proches et d'amis, et qu'elle avait donc l'expérience de ces choses. Maritta n'avait pas à s'inquiéter pour les frais, les enterrements n'étaient pas si chers, tout bien considéré, surtout par rapport au coût de la vie. La vieille dame suggéra d'aller tout de suite se renseigner chez un entrepreneur de pompes funèbres, l'on verrait ainsi ce qu'il valait la peine de faire soi-même et ce qu'il convenait de laisser aux soins de professionnels.

Linnea paya le thé et les pâtisseries. Puis les deux femmes cherchèrent dans l'annuaire le spécialiste le plus proche ; il y avait justement rue Anna l'ancienne et réputée maison Borgin & Co.

Là-bas, elles expliquèrent qu'elles souhaitaient un enterrement modeste et demandèrent pour quel prix plancher il était possible d'ensevelir dignement un défunt. L'employé des pompes funèbres, d'une sobre élégance, leur fit rapidement une offre qui méritait que l'on s'y arrête. L'entreprise se chargerait du permis d'inhumer, fournirait le cercueil et préparerait le corps, s'occuperait du transport ainsi que de la livraison d'une petite couronne de fleurs à poser sur la bière et réglerait la facture du crématorium, urne comprise... Le total se monterait à 2 800 marks si la cérémonie avait lieu à la chapelle mortuaire de Malmi. Si l'on voulait inhumer les cendres du défunt dans le jardin du souvenir de Hietaniemi, il y aurait un léger supplément, car l'incinération serait alors effectuée par l'Association des amis du crématorium, qui demandait 400 marks de plus que la paroisse. D'un autre côté, au jardin du souvenir, il était possible de faire l'économie du prix de l'urne, car la poussière du défunt pouvait y être enterrée à même la pelouse. Une urne coûtait selon la taille et le modèle, de 410 à 690 marks.

Maritta Lasanen fut étonnée par la modicité de l'offre. Elle tendit le certificat de décès à l'employé en déclarant qu'elle acceptait les services de l'entreprise. Linnea tira 500 marks de son sac à main, à titre d'avance. Il fut convenu que le solde serait réglé la veille de la crémation. Les pompes funèbres se refusaient en général à assurer les funérailles à crédit, pour des raisons bien compréhensibles; il y avait eu des cas où le recouvrement des frais d'obsèques, une fois le corps dûment béni et enseveli, s'était avéré problématique. Certaines familles faisaient preuve d'une telle indifférence envers la circulation monétaire — même face à la majesté de la mort — qu'elles avaient tendance à oublier leurs obligations dès que le défunt avait pour de bon quitté le monde visible, comme si la facture avait été enterrée avec lui. Une telle attitude était bien sûr infiniment regrettable.

16

La colonelle Linnea Ravaska ne dévoila rien d'elle-même à Maritta Lasanen, ni son véritable nom ni son adresse. Elle prétendit qu'elle souhaitait conserver une certaine distance vis-à-vis des personnes qu'elle aidait, ne pas se mêler de leurs affaires plus qu'il n'était strictement nécessaire pour ses bonnes œuvres.

« Oui, je comprends, vous voulez rester authentique », dit Maritta Lasanen.

Les deux femmes convinrent de communiquer principalement par téléphone, la secourable vieille dame se réservant l'initiative d'appeler.

Une fois l'enterrement de Pertti Lahtela confié à des mains expertes, il restait à Maritta Lasanen à se préoccuper des arrangements annexes de la cérémonie. Elle devait envoyer les faire-part, se trouver une tenue de deuil convenable, préparer le repas funèbre, ou au moins une légère collation, et bien d'autres détails.

Linnea avait promis de confectionner un

gâteau pour la circonstance. Elle le remit à Ritta au café *Ekberg,* qui était devenu leur lieu de rencontre habituel. Elle lui donna aussi un voile de dentelle noire qu'elle avait elle-même porté à l'enterrement de la mère de Kauko Nyyssönen. Elle expliqua qu'elle possédait plus de voilettes de deuil qu'il ne lui en fallait, elle avait calculé avoir assisté à une bonne trentaine d'enterrements au cours des dernières décennies.

« Hélas, plus on vieillit, plus on fréquente les cimetières, c'est la vie. »

Ritta lui annonça que la bénédiction aurait lieu trois jours plus tard au crématorium et que les cendres seraient enterrées dans une semaine au jardin du souvenir — il fallait attendre pour cela qu'elles aient refroidi. Linnea nota la date de la cérémonie mais refusa poliment d'y assister ; comme elle l'avait dit, elle n'était qu'une lointaine amie de Maritta Lasanen et souhaitait le rester.

La colonelle Linnea Ravaska put ensuite s'occuper de ranger dans l'appartement de Jaakko Kivistö les affaires qu'il lui avait rapportées de Harmisto. Elle se sentait comme chez elle et, tandis qu'elle répartissait ses possessions dans les placards, de vieux souvenirs lui revenaient en mémoire. Elle avait conservé bon nombre d'objets ayant appartenu à Rainer, qu'elle n'avait pas eu le cœur de jeter à l'époque. C'était étonnant, d'ailleurs, tout ce qui pouvait rester, après toutes ces décennies, d'un simple colonel. Un pistolet d'ordonnance, des jumelles, une boussole, une sacoche pleine de cartes topographiques des zones fortifiées de l'isthme de Carélie... les bunkers qu'il avait fait construire étaient restés du côté russe. Et pourquoi donc avoir gardé son rasoir et son blaireau ? Et son uniforme de colonel, maintenant mangé aux mites. Linnea se promit de le porter un jour à la poubelle. Mais peut-être pourrait-elle récupérer avant, en mémoire de lui, les beaux écussons du col. Quelques médailles... des journaux des temps de guerre — *Signal*, *Le Hakkapelite*, des numéros de la *Revue illustrée de Finlande*.

La matricule des soldats tombés pendant la guerre d'Hiver, sobrement intitulée *Le Prix de notre liberté*. Un tire-botte, un baudrier, un miroir de poche et un étui à cigarettes, tous deux en argent.

C'était elle qui les lui avait offerts, pour ses 35 ans, le 8 décembre 1941. Ç'avait été un moment merveilleux, comme toute l'année, en fait. Cet été-là, Rainer avait été promu lieutenant-colonel et, en décembre, les Japonais avaient attaqué Pearl Harbour. L'Angleterre avait beau avoir déclaré la guerre à la Finlande — le jour même de la fête de l'Indépendance, par pure malveillance —, personne ne se souciait vraiment de la situation. Les Allemands connaissaient depuis le début de l'hiver de terribles difficultés devant Moscou, mais Rainer lui avait assuré que ce n'était qu'un revers passager, que la ville tomberait dès que le gel relâcherait son étreinte et que l'on pourrait remettre les blindés en marche. Elle l'avait cru, les prédictions sur le cours des opérations militaires d'un jeune lieutenant-colonel plein d'avenir étaient forcément plus fiables que celles de son épouse.

Linnea rangea les objets en argent dans un placard et s'empara du pistolet de Rainer. C'était un lourd et froid parabellum bleu-noir, avec un étui en cuir usé et deux chargeurs de rechange. Son mari lui avait appris à s'en servir, pendant la guerre. Elle s'était montrée très bonne tireuse, meilleure que lui, mais peut-être était-ce simplement dû au fait que, quand Rainer et d'autres officiers s'amusaient à organiser des concours de tir, ils avaient en général déjà un coup dans le nez.

La colonelle vérifia que le pistolet était vide, l'arma et tira. Il fonctionnait impeccablement, et n'avait pas un point de rouille. Elle le glissa dans son sac à main, au cas où elle aurait à se protéger contre Kauko Nyyssönen et Jari Fagerström. Elle pourrait au moins se suicider d'un coup de feu, en dernière extrémité, si elle n'avait pas le temps de s'injecter dans les veines le poison qu'elle tenait prêt à cet effet.

Le défunt chômeur Pertti Lahtela fut béni et incinéré en bon ordre ; sa bête et dévouée bienfaitrice, l'aide-cuisinière Maritta Lasanen, offrit une collation funèbre dans son studio de la rue Eerik. N'étaient présents que quelques amis et connaissances du mort, exclus et marginaux, auxquels elle servit du café, accompagné du délicieux gâteau de la colonelle Linnea Ravaska. Kake Nyyssönen prononça à la mémoire de son camarade un bref éloge sans fioritures, dans lequel il évoqua la dureté du monde et la part que Pertti Lahtela y avait prise de son vivant. Le soir venu, la compagnie alla boire une bière à la santé du défunt au bar *Le Cruchon*.

Trois jours plus tard, on enterra les cendres dans le jardin du souvenir du cimetière de Hietaniemi. Le corps avait été incinéré, le gardien du crématorium remit l'urne à Maritta Lasanen. Cette dernière était accompagnée de Jari Fagerström et de Kauko Nyyssönen, à qui l'homme tendit une pelle avant de venir leur montrer le chemin. En file indienne, ils gagnèrent le recoin le plus éloigné de la partie nord du cimetière, où s'étendait un petit vallon mélancolique, planté d'herbe, agrémenté d'une pergola ombreuse bâtie sur des piliers de schiste et d'une douloureuse sculpture stylisée due à quelque artiste, sans doute destinée à faire naître chez le spectateur la peur de la mort. Triste lieu. Maritta tenait à la main un bouquet de tulipes.

La colonelle Linnea Ravaska était arrivée de bonne heure au cimetière afin d'observer l'inhumation des cendres de Lahtela. Elle s'était cachée sur une petite éminence, à une cinquantaine de mètres du jardin du souvenir, derrière des stèles et des arbres. Munie de jumelles de théâtre, elle put suivre de loin l'arrivée du maigre cortège. Elle avait aussi apporté son manchon, et un cabas dans lequel reposait le pistolet d'ordonnance de Rainer.

Le gardien du crématorium expliqua aux proches du défunt qu'ils pouvaient creuser un petit trou dans la pelouse à l'endroit de leur choix, retirer une motte de terre et répandre les cendres dessous. Il fallait ensuite remettre la motte en place et égaliser le sol. Il était interdit d'enterrer l'urne avec la poussière, elle appartenait à l'Association des amis du crématorium et n'était prêtée aux familles que pour la durée de la cérémonie, de même que la pelle. Avant de les laisser seuls dans le jardin du souvenir, le gardien leur rappela de lui rapporter les deux objets après l'inhumation.

Maritta Lasanen choisit un carré d'herbe propice au dépôt des cendres de Pera. Jari Fagerström empoigna la pelle et commença de creuser le sol battu de la pelouse. Kauko Nyyssönen, debout à ses côtés, tenait l'urne entre ses mains. Au bout d'un moment, ils changèrent de rôle. Ritta pleurait.

Linnea Ravaska observait de loin Nyyssönen et Fagerström ; les mauvais traitements qu'ils lui avaient fait subir à Harmisto lui revinrent en mémoire. Elle posa ses jumelles de théâtre sur une pierre tombale, qui portait l'inscription : Uolevi Prusti, 1904-1965. Qui avait-il bien pu être, se demanda-t-elle en sortant le pistolet de son cabas. Elle cala l'arme contre la sépulture de Prusti, la dissimula sous son manchon et s'accroupit pour viser. L'idée folle d'abattre Kauko Nyyssönen et Jari Fagerström en plein jardin du souvenir lui traversa l'esprit. D'une main, elle reprit ses jumelles pour mieux voir le vallon. Kauko maniait à son tour la pelle, juste dans sa ligne de mire. Dieu qu'il aurait été facile de lui tirer dans la poitrine, à cette distance elle était sûre de toucher sa cible. La colonelle se secoua, horrifiée, elle ne pouvait quand même pas presser la détente, quelle que fût sa haine pour les hommes occupés à pelleter en contrebas. En toute équité, pourtant, la poudre aurait pu parler.

Les yeux de Linnea brillaient d'une lueur carnassière, la crosse du pistolet reposait sur la froide pierre tombale, le guidon chercha la poitrine de Kake Nyyssönen, et sa veste en jean bleue s'inscrivit dans le champ de visée. Le doigt osseux de la colonelle se crispa sur la détente.

Soudain, un écureuil peu farouche sauta sur la sépulture d'Uolevi Prusti, et de là sur le canon du parabellum, dans l'espoir d'obtenir quelque friandise de la gentille vieille dame qui se trou-

vait là. Linnea Ravaska fut si surprise qu'elle
lâcha sa cible des yeux ; le coup partit, une balle
siffla dans le vallon, transperçant le fer de la
pelle. L'écureuil, le poil raide de terreur, courut
se réfugier au sommet du plus grand arbre du
cimetière.

Jari Fagerström et Kauko Nyyssönen plongèrent comme un seul homme derrière les stèles
les plus proches. Maritta Lasanen resta debout
au milieu du jardin du souvenir, pétrifiée, l'urne
cinéraire à la main. Effarée, Linnea Ravaska
fit disparaître le pistolet dans son manchon et se
coula sans bruit, tel un fantôme, vers la grille du
cimetière. Elle courut jusqu'à la butte toute
proche où se dressait la chapelle de Hietaniemi,
se glissa par une porte ouverte à l'intérieur du
columbarium et fila dans le recoin le plus sombre
de l'édifice, où elle s'agenouilla comme en prière
près du mur, joignant les mains à l'intérieur de
son manchon. Le parabellum y était toujours. La
colonelle se dit que si l'on tentait de l'extraire de
la pénombre de ce lieu de paix pour la traîner au
grand jour, elle abattrait sur le seuil le premier
qui essaierait.

Faisant mine de prier dans son coin, Linnea
tourna le regard vers la plaque en pierre qui se
trouvait devant elle et lut l'inscription qui y était
gravée : Tekla Grönmark, née Salmensaari,
1904-1987. Doux Jésus, Tekla reposait donc là,
sous ses yeux ! Et elle n'était décédée que l'an

passé, vraiment, on pouvait dire que cette cocotte avait vécu vieille! Mais comment se faisait-il qu'elle n'ait pas été invitée à l'enterrement, c'était insensé!

Outrée, la colonelle ne songea pas un instant que la famille de Tekla n'avait peut-être pas son adresse à Harmisto, près Siuntio. Et dans sa métairie, elle ne recevait qu'un quotidien finnois, pas le *Hufvudstadsbladet* de la communauté suédoise dans lequel l'annonce du décès avait probablement été publiée.

En un sens, la vue de cette pierre tombale réjouissait Linnea. Elle connaissait Tekla depuis les années trente, elles s'étaient rencontrées à Vyborg. La défunte avait été une belle femme, aux mœurs plus que légères et à l'ambition dévorante; elle avait cueilli les hommes comme des fruits et en avait extrait tout le suc, les avait broyés dans sa grande bouche rouge avant de recracher les pépins. Elle s'était aussi approprié Rainer pour quelques semaines, en 1938, mais Linnea avait fait ce qu'il fallait pour éviter le scandale. Tekla était à l'origine la fille d'un petit négociant en bois de Saint-Pétersbourg, sans doute avait-elle du sang russe. Elle s'était plus tard mariée trois fois, dont la dernière avec un certain Grönmark, un suédophone à la peau couverte de taches café au lait qui était mort d'un cancer l'année où la guerre de Corée avait pris fin.

En se remémorant tout cela, Linnea avait

presque oublié l'incident du vallon. Peut-être le moment était-il venu de quitter le columbarium? La colonelle fit passer le pistolet de son manchon à son sac et laissa là la tombe de Tekla. Elle sortit dans le cimetière, tout était calme. Elle retourna lentement au jardin du souvenir. Les cendres de Pera avaient disparu sous la pelouse.

Linnea alla acheter au fleuriste de la rue de Hietaniemi des roses rouges qu'elle porta dans le columbarium, devant la plaque commémorative de Tekla Grönmark. C'était à son avis le bouquet qui s'imposait, venant de sa vieille amie — et ancienne rivale —, pour une telle ravageuse. Les roses étaient les fleurs des belles femmes, on en déposait sur les tombes des putains, songeat-elle avec un mélancolique sentiment de victoire en regardant la gerbe flamboyante sous l'urne de Tekla.

De retour du cimetière, Linnea téléphona à Maritta Lasanen. Cette dernière était visiblement bouleversée, pas tant par l'inhumation des cendres de son compagnon, d'ailleurs, que par le coup de feu essuyé dans le jardin du souvenir. Elle raconta la scène à son interlocutrice. Kake et Jari étaient persuadés que c'était cette horrible vieille de Siuntio qui était à l'origine de l'incident. Nyyssönen avait déclaré qu'il allait se terrer dans sa cave de la rue d'Uusimaa, portes et fenêtres barricadées. Elle avait l'impression qu'il commençait à craindre pour sa vie.

« Jari aussi a dit qu'il préférait ne plus trop se montrer à Helsinki, il a décidé d'aller passer le week-end à Rovaniemi, au Festival de rock du cercle polaire, et il m'a proposé de l'accompagner, mais je n'ai pas l'intention d'y aller, je suis encore en deuil. Il a juré que, quand il reviendrait de Laponie, il zigouillerait cette satanée sorcière, il m'a fait peur, je suis sûr qu'il en est capable, il est terrible, quelquefois. »

Linnea s'engagea à virer sur le compte de Maritta le solde des frais funéraires de Pertti Lahtela, dès qu'elle aurait reçu la facture définitive des pompes funèbres. Elle promit de lui téléphoner la semaine suivante. La jeune femme la remercia pour sa générosité, la voix près de se briser.

Le lendemain, le journal du soir publiait une interview du gardien du crématorium, qui racontait la fusillade du jardin du souvenir. Il se lamentait de l'augmentation de l'insécurité et de la délinquance aux alentours de Hietaniemi. Avant, on n'allait quand même pas jusqu'à tirer dans les cimetières. Les jeunes dépassaient vraiment toutes les bornes, si les morts eux-mêmes n'étaient pas à l'abri de leurs blagues de mauvais goût. L'article était accompagné d'une photo du gardien, qui exhibait une pelle rouillée. Au milieu du fer, on voyait le trou percé par la balle, dans lequel il avait passé l'index.

17

Au Festival de rock du cercle polaire, à Rovaniemi, Jari Fagerström eut le temps de réfléchir aux récents événements. Au fil de l'été, la tante de Kake Nyyssönen s'était faite inutilement encombrante. Elle avait décidé de se rebeller, et il était clair qu'elle avait non seulement lancé les flics à leurs trousses, mais aussi tenté de les empoisonner et, pour finir, réussi à buter Pera.

Un homme normalement constitué ne clamsait pas comme ça d'un coup. Ce qu'il aurait aimé savoir, c'était comment cette vieille salope avait manœuvré pour lui faire la peau.

Elle lui gâchait son séjour à Rovaniemi. Il n'avait pas la tête au rock, l'ambiance était pourrie. Difficile de s'éclater en pensant à chaque instant à la mort de Pera et à la riposte à y apporter. Dès que cette affaire serait réglée, il pourrait de nouveau profiter de la vie. Ça tournait à l'obsession.

Ç'aurait bien sûr été à Kake de s'occuper de sa tante, mais bon, on le connaissait, il remettait toujours tout au lendemain, il n'arrivait jamais à rien. S'il ne prenait pas lui-même les choses en main, se convainquit Jari, Linnea risquait d'être encore en vie à l'automne.

Il calcula aussi qu'en toute justice, quand il aurait tué la vieille, Kake devrait partager équitablement son fric avec lui. Combien pouvait-elle finalement en avoir ? Il était clair qu'une veuve comme la colonelle ne pouvait pas être aussi pauvre qu'elle s'en était plainte à son neveu. Elle avait certainement un magot planqué quelque part. Mais impossible de s'en emparer tant qu'elle était de ce monde.

Pendant son voyage de retour, Jari concocta un plan à son avis sans faille. Il fallait attirer Linnea, sous un faux prétexte, sur un bateau pour la Suède, d'où il serait facile de la balancer par-dessus bord, par exemple en mer d'Åland. À la baille avec les harengs ! Ni vu ni connu.

Jari Fagerström envisageait l'assassinat de la colonelle Ravaska d'un strict point de vue pratique. L'aspect moral de l'entreprise ne le préoccupait pas. Il imaginait sans mal la scène, sur le pont supérieur du bateau, dans la pénombre de la nuit d'été. Un bras autour de la vieille, l'autre main sur sa bouche, et hop ! dans le vide par-dessus la rambarde d'acier. Elle plongerait, légère, son manteau de popeline palpitant dans le vent

171

nocturne, peut-être crierait-elle quelque chose en tombant, les mouettes lui répondraient, puis elle toucherait l'eau dans une gerbe d'écume, dans le sillage du navire... rien de plus.

Ou plutôt si, peut-être. Il avait déjà tué une fois, un vieillard, massacré à coups de pied à Ruskeasuo, sans que personne le sache jamais. Mais c'était un accident, en quelque sorte, et cette idée lui taraudait l'esprit. S'il jetait Linnea à la mer, cette vieille histoire serait comme oblitérée, remplacée par un acte plus officiel et mieux planifié, plus professionnel. Au fond de lui, il avait le sentiment que son nouveau geste effacerait l'ancien, et cela justifiait en soi qu'il le commette.

Dans la cave de la rue d'Uusimaa, Jari Fagerström exposa son projet macabre à Kauko Nyyssönen. Il promit de se charger de son exécution, si seulement on parvenait à faire embarquer Linnea. Tout ce qu'il demandait à Kake, c'était de penser à lui au moment d'engranger les bénéfices, autrement dit lors du partage de l'héritage de Linnea.

« C'est pas génial, ça, un vol plané par-dessus le bastingage, ni une ni deux et plouf! » se félicita-t-il.

Kake ne trouvait pas l'idée particulièrement brillante. Elle aurait pu venir à n'importe qui, mais comment diable pensait-il convaincre Linnea de faire une croisière? C'était à ça qu'il fallait maintenant réfléchir.

Jari déclara qu'il allait de toute façon organiser un petit cambriolage pour financer son voyage et celui de Linnea. Pendant ce temps, Kake n'avait qu'à trouver un truc pour embarquer la vieille à bord. Il pensait la fiche à la mer dès l'aller, ça permettrait d'économiser le prix du billet de retour.

Kauko Nyyssönen réfléchit et parvint à la conclusion que l'on avait besoin, pour régler cet aspect des choses, d'une machine à écrire. Si Jari lui en procurait une, en même temps que l'argent nécessaire, il s'occuperait d'inventer une combine. Cette division du travail fut adoptée.

D'un pas décidé, Jari prit le chemin d'un bar à bières afin de préparer son coup. Il y resta assis tout l'après-midi, étudiant le plan de la ville dans l'annuaire, feuilletant les pages jaunes, vidant des chopes. À la fermeture de l'établissement, il sortit en titubant dans la rue. Il suffisait de s'introduire dans n'importe quel bureau ou entreprise, ils étaient vides la nuit et ce n'étaient pas les machines à écrire qui y manquaient, ni l'argent.

Sur le boulevard, en face du square de la Vieille Église, le cambrioleur éméché entra au hasard dans un immeuble; les appartements semblaient tous avoir été transformés en bureaux, il n'y avait que l'embarras du choix.

Sur le palier du deuxième étage, il s'arrêta devant une luxueuse porte en bois précieux ornée d'une plaque de cuivre sur laquelle il était écrit : *Embajada Argentina Cancillería y Sección*. Il conclut que ce n'était pas la peine d'essayer de la forcer, il risquait d'y avoir une alarme. Mais il y avait à côté une entrée tout à fait ordinaire, à l'air plus prometteur. Jari sortit de sa poche le morceau de plastique souple qu'il gardait en réserve pour de telles occasions et le glissa dans la fente de la porte. Une rapide manipulation, et la serrure s'ouvrit. Sur la pointe des pieds, le cambrioleur entra et tendit l'oreille, tout était silencieux. Il tâtonna sur le mur pour trouver l'interrupteur, alluma et regarda autour de lui.

Il constata qu'il se trouvait dans une sorte de secrétariat. Il y avait plusieurs pièces, avec des tables croulant sous de la paperasse, des machines à écrire, des étagères pleines de dossiers. Les documents étaient écrits dans une langue bizarre, peut-être de l'espagnol.

Jari trouva une petite cuisine et, ô miracle, un réfrigérateur regorgeant de bière ! De là, il passa dans une salle de réunion meublée d'une longue table à la surface vernissée, d'armoires remplies de livres à l'air précieux et, dans un coin, d'une vitrine contenant des verres en cristal, ainsi qu'un prodigieux assortiment d'alcools. Cette taule était un paradis !

Il écouta le silence alentour, prêt à fuir. Puis il

alla prendre une bière dans le réfrigérateur et se la servit dans un verre à pied. Il fit un signe de tête solennel à son reflet, dans la porte vitrée d'une bibliothèque, porta un toast et trempa ses lèvres dans la boisson.

Deux heures plus tard, le bienheureux casseur, fin soûl, était affalé sur une chaise au bout de la grande table de négociation, les cheveux en bataille, entouré de coûteuses bouteilles de vin, le visage éclairé d'un doux sourire. Il avait envie de chantonner. Rien ne pressait, le matin était encore loin. Il leva une nouvelle fois le coude, en habitué. Qu'était-ce donc, cette fois, du cognac ou du rhum ?

À cet instant, la fête nocturne prit fin. La dure réalité se matérialisa sous les traits d'un vigile. Jari Fagerström, battit en retraite dans la pièce du fond, se saisit d'une main d'une machine à écrire, prit sous l'autre coude un carton apparemment lourd et de grande valeur, et se rua dans l'escalier. Dans son dos retentirent des cris et des claquements de porte. Le voleur déboula sur le trottoir et s'enfuit en direction de la rue d'Uusimaa. Haletant, il atteignit la cave de Kauko Nyyssönen, claqua la porte derrière lui et se laissa tomber sur le sol. Avant de sombrer dans le sommeil, il eut le temps de se vanter de son exploit :

« Putain, Kake, je t'ai rapporté une machine à

écrire et une caisse d'obligations de la Banque nationale d'Argentine ! »

Au matin, on ouvrit la boîte volée par Jari Fagerström ; elle ne contenait pas de bons du Trésor, mais 2 000 cartons d'invitation imprimés, du modèle utilisé par le consulat d'Argentine pour ses réceptions diplomatiques. Il y avait aussi 150 invitations remplies, mises sous enveloppe et munies de timbres, en vue d'un dîner de gala prévu dix jours plus tard au grand restaurant *Kalastajatorppa*. Jari et Kake, mortifiés, ne prirent pas la peine de poster les missives ; ils jetèrent leur douteux butin à la poubelle et oublièrent toute l'affaire, non sans garder pour leur usage personnel une demi-dizaine de cartons qu'ils complétèrent et envoyèrent diplomatiquement à leur adresse personnelle aux flics et aux matons les plus chiatiques de Helsinki et du département d'Uusimaa, signés d'un paraphe argentin.

L'incident, la semaine suivante, suscita un certain émoi dans les milieux diplomatiques : aucun des convives attendus au dîner de gala des Argentins ne se montra, à l'exception de cinq policiers et gardiens de prison en grand uniforme, qui présentèrent des invitations officielles à la porte du *Kalastajatorppa*.

Le service du protocole du ministère des Affaires étrangères, après avoir tenté d'élucider le mystère de la disparition des invitations, accusa au bout du compte les postes et télécommunications. Les services postaux affirmèrent être étrangers à la perte et à la prétendue destruction des plis incriminés, mais les autorités ne voulurent rien savoir. On exigea publiquement et unanimement la tête du président-directeur général Pekka Tarjanne. Et sans doute sa lettre de démission fut-elle postée, mais elle ne parvint jamais à bon port.

La machine à écrire dérobée par Jari fut cependant utile. Kauko Nyyssönen écrivit à la colonelle Linnea Ravaska une lettre à l'aspect officiel, dans laquelle il annonçait à la destinataire qu'elle était l'heureuse gagnante d'une croisière gratuite à Stockholm attribuée dans le cadre du jeu-concours du public des floralies du printemps passé. Kake joignit à la missive un billet aller et une réservation pour une couchette en cabine double sur le pont B. Il ajouta également quelques précisions utiles : la gagnante serait hébergée à l'hôtel *Reisen*, où un voucher et un billet de retour l'attendraient à la réception. Félicitations! Nyyssönen signa au nom du président de l'Association des ingénieurs horticoles de Finlande, Toivo T. Pohjala.

La lettre fut envoyée par la poste, en recommandé pour plus de sûreté.

La colonelle Linnea Ravaska ouvrit le pli et lut, stupéfaite, l'agréable message. Effectivement, elle avait visité les floralies, au printemps, comme tous les ans depuis qu'elle habitait Harmisto, mais elle ne se rappelait pas avoir participé au tirage au sort d'une croisière. Mais peut-être ne se souvenait-elle pas de tout, sa mémoire n'était plus aussi fidèle qu'avant. À moins que tous les acheteurs d'un ticket d'entrée n'aient automatiquement pris part à la loterie ? Quoi qu'il en soit, cette heureuse surprise tombait à pic. Elle avait grand besoin d'un peu de détente, après tous les chocs qu'elle avait subis ces derniers temps. Ce serait un réel plaisir de se promener en toute tranquillité dans les rues estivales de Stockholm, d'admirer la vieille ville, de se remémorer le passé. Son bonheur aurait été complet si le billet de croisière avait été libellé pour deux personnes, Jaakko aurait pu l'accompagner, mais ce n'était déjà pas si mal. Elle se promit de rapporter à son vieil ami un très beau souvenir de voyage.

Avant le départ du bateau, Jari Fagerström dut trouver un nouveau moyen de payer le voyage. Il comptait aussi acheter un peu de drogue à Stockholm, essentiellement pour sa consommation personnelle. Cette fois, il prit soin de rester à jeun, et trouva les fonds nécessaires en agressant deux péquenots en vadrouille dans le parc de Kaisaniemi. Il eut même la chance de n'avoir à tabasser que l'une de ses victimes, l'autre se sépara de son portefeuille de son plein gré.

La fièvre du départ commençait lui aussi à le gagner.

18

Le vendredi suivant, Jari Fagerström et Linnea Ravaska firent leurs bagages tôt dans l'après-midi. Le bateau levait l'ancre vers dix-huit heures. La colonelle prit une petite valise dans laquelle elle rangea, en plus de ses effets habituels, son cher vieux manchon. Elle se demanda s'il convenait aussi d'emporter le pistolet d'ordonnance de Rainer, mais y renonça. Que ferait-elle d'une arme pour une simple visite touristique dans la paisible ville de Stockholm? Elle risquait en outre d'avoir des problèmes à la douane. La colonelle glissa cependant dans son sac à main une seringue remplie de poison. Par ces temps incertains, une vieille femme sans défense pouvait à tout moment avoir besoin d'une injection mortelle.

Les préparatifs de voyage de Jari furent plus sommaires. Il examina le portefeuille qu'il avait volé à l'un des provinciaux. Il contenait un permis de conduire, établi au nom d'un certain

Heikki Launonen, né le 20.5.1943. D'après ses papiers d'identité, le dévalisé habitait Imatra et travaillait comme technicien de maintenance. Il y avait deux petites photos d'enfants en âge d'être écoliers, une fillette rieuse et un garçon aux grandes oreilles. Jari remarqua que leur père aussi semblait avoir les oreilles fortement décollées. Lorsqu'il l'avait bourré de coups de pied, il n'avait pas prêté grande attention à ce détail. En jetant le portefeuille vide à la poubelle, Fagerström se demanda si l'homme était déjà de retour chez lui, ou s'il gisait encore à l'hôpital.

Launonen avait eu 3 400 marks en poche. L'autre plouc ne possédait que 600 marks mais, au total, Jari disposait d'une cagnotte de près de trois mille marks. Il avait en effet fallu prélever sur le butin le prix du billet de bateau de Linnea. La somme lui suffirait pourtant à se procurer une pincée de drogue, calcula-t-il satisfait.

Jari Fagerström, par précaution, arriva dès dix-sept heures au terminal des ferrys pour la Suède. Kake l'accompagnait, il voulait vérifier si la vieille avait reçu la lettre et monterait à bord. Les deux hommes se postèrent dans le hall, adossés au mur dans l'ombre d'un pilier pour observer le flot des passagers.

Une demi-heure avant le départ du bateau, Linnea fit son apparition, escortée de Jaakko Kivistö. Ce dernier lui tendit un bouquet et lui souhaita bon voyage en la serrant dans ses bras.

La colonelle était vêtue d'un tailleur clair et portait sur son bras un manteau de popeline ; dans l'autre main, elle tenait une petite valise. Elle était coiffée d'un chapeau d'été à large bord orné de petites fleurs.

« Sacrément sapée, la vioque, on voit qu'elle a de la thune », grommelèrent Kake et Jari derrière leur pilier du hall de départ. « Heureusement qu'on ne lui a pas pris de billet de retour, tu parles d'un gâchis, sinon », se consolèrent-ils.

Une fois que Linnea fut montée à bord et que Jaakko Kivistö eut quitté le terminal, Kake fit ses adieux à son camarade. Ils se serrèrent la main, l'air grave et solennel — Jari partait après tout pour un voyage au cours duquel il se produirait de grandes choses.

« Rapporte de la dope, et conduis-toi en homme, recommanda Kauko Nyyssönen à son ami. Et n'oublie pas de fiche Linnea à l'eau dès l'aller, qu'elle ne fasse pas d'histoires à propos de sa chambre d'hôtel et de son billet de retour.

— Fais-moi confiance, Kake. Je n'en suis pas à ma première bonne femme », déclara Jari avec assurance. Puis il monta à bord et se dirigea droit vers le bar, dans l'attente de son ouverture.

Jari Fagerström nageait en pleine euphorie, il attendait beaucoup de ce voyage. Après avoir vidé un premier verre, il sentit une douce chaleur se répandre dans son estomac. Tout cela était terriblement excitant, le luxe du bateau, la croisière estivale et la nuit qui s'annonçait, au cours de laquelle il aurait l'occasion de montrer ce dont il était capable dans ses pires moments. Il se voyait telle la main du destin, forte, froide et impitoyable. Souriant par-devers lui, il se commanda un autre verre.

La colonelle Linnea Ravaska s'installa dans sa cabine, qu'elle découvrit partager avec une femme d'une trentaine d'années, polie et cultivée. Sa compagne de voyage se présenta : Sirkka Issakainen. Elle était psychologue et se rendait sur la côte ouest de la Suède, à Trollhättan, afin de mener des recherches sur la manière dont les ouvriers finlandais s'adaptaient aux conditions de vie locales. Il s'agissait d'un projet pluridisciplinaire auquel participaient aussi des sociologues. À l'université de Tampere, l'on avait constaté que les jeunes Finlandais employés dans les usines automobiles suédoises étaient, pour une raison ou une autre, plus sujets à l'alcoolisme que les représentants locaux du groupe témoin de l'étude. C'était cette singularité qu'elle allait examiner de plus près.

Quand Linnea lui confia qu'elle avait gagné une croisière offerte par l'Association des ingénieurs horticoles, Sirkka Issakainen s'enthousiasma. Elle aussi pratiquait le jardinage. Elle habitait à Hervanta, dans la banlieue de Tampere, et, l'été, cultivait des fleurs et des légumes sur son balcon. Son mari était originaire de

Kokkola et sa famille, qui exploitait là-bas des pépinières, lui faisait cadeau chaque printemps de superbes plants de tomate. La psychologue promit d'en envoyer quelques-uns à sa compagne de voyage dès la saison suivante.

Les deux femmes décidèrent d'aller dîner ensemble au restaurant qui servait des plats à la carte, le déploiement de calories du buffet à volonté ne les enthousiasmait guère.

Au bar, Jari Fagerström avait lui aussi trouvé de la compagnie. Il avait bavardé un moment avec deux chauffeurs routiers, puis rencontré un dénommé Seppo Rahikainen, qui se vantait de travailler sur une plateforme pétrolière norvégienne en mer du Nord. Rahikainen, tout en offrant généreusement des tournées, décrivit son dur métier, au milieu des tempêtes. Il revenait de vacances et allait reprendre son travail. Chez lui, à Konginkangas, il avait passé deux semaines couché parmi les aulnes au bord d'un ruisseau, avec un tonneau de bière d'un côté et une pute de l'autre. Un taxi l'avait attendu tout ce temps sur la route derrière le bosquet. Rahikainen se flatta de gagner douze mille couronnes en quinze jours, avec ça, ce n'était pas le cliquetis d'un taximètre qui allait lui gâcher son farniente. Avant, quand il était employé à l'usine Saab de Trollhättan, il avait dû lui aussi compter le moindre sou, toute sa paie passait dans la boisson. Maintenant, il pouvait biberonner tant qu'il voulait, il lui restait encore de quoi vivre — d'où l'intérêt du secteur pétrolier.

Jari Fagerström regarda le foreur d'un air roublard. Puis il annonça qu'il était limnologue. Il ajouta que dans sa branche aussi, on pouvait se faire de l'argent. Il laissa entrapercevoir l'épaisseur de son portefeuille.

Rahikainen n'était pas très sûr de ce qu'un limnologue fabriquait. Travaillait-il dans la limonade ?

Jari Fagerström éclata de rire. Elle était bien bonne ! Non, il étudiait les eaux, et savait tout sur les lacs, les mers et les poissons.

L'on remit une tournée. Jari raconta qu'il était en route pour Göteborg, il avait dans la cale un camion-citerne plein d'eau finlandaise du lac Päijänne, 20 000 litres, où nageaient des milliers d'alevins de lotte. Il devait les conduire jusqu'au lac Vättern, les décharger dans un établissement piscicole puis passer prendre une nouvelle cargaison.

« Des alevins de carrelet ! Je vais en importer 100 000 en Finlande. Le voyage va être long, je dois les emmener d'une traite en Laponie. Le but est de les introduire dans le lac Inari, des études ont montré qu'ils se développaient mieux dans les eaux froides du Nord que dans la mer. Je touche 0,10 mark de fret par alevin, compte un peu ce que ça fait, pour voir. »

Le foreur réagit avec enthousiasme : sur sa

plateforme pétrolière, on mangeait souvent de ce poisson, il était délicieux, surtout frit dans l'huile. C'était une riche idée d'en acclimater en Laponie. Il promit de faire le voyage, dans quelques années, pour pêcher le carrelet à Inari. Ravis, les deux hommes se mirent d'accord pour organiser une expédition commune dans le Nord, quand les alevins auraient atteint la taille idéale. Ils topèrent et trinquèrent là-dessus.

Jari se demandait s'il parviendrait à convaincre Rahikainen de faire une partie de cartes, plus tard dans la soirée — ivre, le riche foreur de pétrole serait facile à plumer. Mieux valait, dans cette perspective, donner l'impression d'être un professionnel d'un secteur porteur, jamais à court de menue monnaie.

Le pétrolier était dès le départ disposé à tout gober et, quand Jari lui eut révélé toutes les subtilités de la pisciculture, il fut convaincu de s'être fait un nouvel ami limnologue. Faisant ensuite dévier la conversation vers le poker, Fagerström réussit à persuader Rahikainen de l'inviter à taper le carton dans sa cabine — lui-même n'avait pas la moindre réservation de couchette —, plus tard dans la soirée.

Avant de lessiver le foreur, Jari avait à faire : il devait découvrir où résidait Linnea. Le deuxième service avait déjà été annoncé, il décida d'aller voir si la vieille colonelle dînait au buffet. Son nouveau copain lui emboîta le pas.

Linnea n'était pas dans la salle à manger. Jari décida de jeter un coup d'œil au restaurant. Il était presque vide, seules quelques tables étaient occupées près de la fenêtre. La colonelle était là, en compagnie d'une inconnue. Jari s'installa de manière qu'elle ne puisse pas le voir, et Rahikainen se laissa tomber à côté de lui. Quand la serveuse vint s'enquérir de leurs désirs, le foreur leur commanda à tous deux des sandwichs chauds, dans l'impossibilité d'obtenir dans cet endroit de l'alcool sans nourriture.

Le foreur remarqua que son camarade surveillait du coin de l'œil une table où était assise une femme élégante d'une trentaine d'années, accompagnée de sa mère, ou plus vraisemblablement de sa grand-mère. Rahikainen, pris d'un soudain intérêt pour la plus jeune des deux, se leva et tituba d'un pas viril dans leur direction. Jari était furieux, le pétrolier ivre allait lui saboter son plan.

Fagerström pensait que Rahikainen se ferait blackbouler dès qu'il ouvrirait la bouche, des femmes du monde n'allaient pas se mettre à bavarder avec un ouvrier éméché. Mais allez donc. La plus jeune des deux sortit de son sac un carnet et un stylo et commença a lui poser toutes sortes de questions. Le foreur s'assit avec ses conquêtes et leur commanda à boire ; son rire emplit la salle, résonnant jusqu'à la table de Jari. Celui-ci se leva, ulcéré, et retourna au bar.

Sirkka Issakainen était ravie d'être tombée dès le début de son voyage sur un parfait sujet d'étude. Rahikainen avait travaillé à Trollhättan, ce fut la première chose dont elle s'enquit. Elle entreprit fiévreusement de prendre des notes sur ses expériences dans l'industrie automobile. L'homme parla avec franchise et bonne humeur des habitudes et des conditions de vie des Finlandais dans les logements pour célibataires des usines Saab. La psychologue recueillit ainsi quelques données exceptionnelles, mais l'interrogé semblait hélas sombrer peu à peu dans l'ivresse. Il tentait aussi de lui faire des avances, mais l'occasion était malgré tout à saisir. La compagne de cabine de Sirkka Issakainen, Linnea Ravaska, se lassa de l'entretien et partit se coucher.

Jari Fagerström but quelques verres au bar, puis décida d'aller voir si la colonelle était encore en train de dîner. Constatant qu'elle avait disparu, il s'enhardit à rejoindre le pétrolier et la psychologue à leur table et se lança dans un exposé sur la limnologie. Cela déplut à Rahikainen, qui lui ordonna de fiche le camp. Le ton monta, Sirkka Issakainen prit peur et s'enfuit dans sa cabine. Le foreur, de plus en plus furieux, empoigna Jari par le col. Ce dernier lui balança un coup de pied dans l'aine. Rahikainen tomba en arrière, entraînant la nappe, les verres et le reste, puis se rua à nouveau sur son ami.

187

Le pugilat enfla. Deux vigiles accoururent et traînèrent les combattants droit dans la prison du bateau, dans deux cellules différentes, par mesure de sûreté.

Jari Fagerström s'escrima à coups de pied rageurs sur la porte en acier de son cachot, criant à l'injustice et clamant son innocence, mais resta enfermé. De la salle des machines montait le bruit sourd des diesels du bateau, au loin résonnaient les hurlements de fauve de Rahikainen. Le jeune homme s'allongea, morose. D'ici, dans cette cellule aux parois de métal, il ne pouvait rien faire. Linnea aurait la vie sauve, à cause d'un foreur rendu fou par l'alcool.

La psychologue Sirkka Issakainen, bouleversée, raconta à Linnea Ravaska la querelle d'ivrognes à laquelle elle venait d'assister au restaurant. Elle se plaignit du comportement violent des jeunes Finlandais. Linnea renchérit en décrivant ses déboires personnels à sa compagne de voyage. Elle avait été persécutée par son propre neveu, un délinquant porté sur la boisson, et par deux de ses camarades, de vraies canailles. L'un d'eux était mort depuis.

Sirkka Issakainen conclut que le monde serait un endroit agréable s'il n'était pas peuplé de déments et d'alcooliques. Mais d'un autre côté, sans eux, une psychologue comme elle n'aurait guère de travail.

19

Le temps était nuageux, ce matin-là sur Stockholm, mais sec et chaud. Après avoir passé la douane, la colonelle Linnea Ravaska prit un taxi et proposa de déposer au passage la psychologue Sirkka Issakainen, qui lui avait fait part de son intention de poursuivre son voyage le jour même. La vieille femme laissa sa compagne à la gare centrale, qui se trouvait sur son chemin, puis se fit conduire à l'hôtel *Reisen,* sur la rive de Strömmen.

Le service s'était hélas détérioré dans ce bon vieil établissement depuis le dernier séjour de Linnea, en 1957. La colonelle dut elle-même traîner sa valise jusqu'à la réception, ni le chauffeur de taxi ni aucun employé de l'hôtel ne firent le moindre geste pour l'aider. Elle était certes parfaitement capable de se débrouiller seule avec son sac, elle avait l'habitude de porter de pleins seaux d'eau dans sa métairie de Harmisto, mais une telle indifférence n'améliorait pas l'ambiance de ces vacances.

La réceptionniste se montra polie, mais d'une stupidité et d'une inefficacité incroyables. Quand Linnea demanda le voucher déposé à son nom, on ne le trouva nulle part. La colonelle s'étonna de cette négligence et déclara d'un ton quelque peu pincé qu'elle voulait immédiatement une chambre. C'était à l'hôtel et à l'Association des ingénieurs horticoles finlandais de régler le problème du bon d'hébergement égaré, pas à elle, une vieille colonelle à la retraite. L'employée s'étonna du malentendu et tenta d'élucider la chose, mais sans résultat. Personne n'avait réservé de chambre au nom de Linnea Ravaska, ni par conséquent envoyé au *Reisen* le voucher et le billet de bateau Stockholm-Helsinki qu'elle réclamait. Elle était désolée, mais en plus l'hôtel était complet.

Linnea sortit de son sac à main la lettre lui annonçant qu'elle avait gagné cette croisière. Elle en traduisit le contenu en suédois à l'intention de la réceptionniste qui voulut bien lui prêter une oreille plus attentive. On proposa à la colonelle de l'héberger malgré tout et, comme il n'y avait pas d'autres disponibilités, on la conduisit dans une vaste suite composée d'une chambre à coucher, d'un salon et d'une salle de bains avec sauna.

On téléphona ensuite d'urgence à l'Association des ingénieurs horticoles finlandais afin d'informer le responsable de la présence d'une colonelle qui revendiquait obstinément le droit de loger au *Reisen ;* elle détenait une lettre signée de la main d'un certain Toivo T. Pohjala. En entendant le nom du ministre de l'Agriculture, le président de l'association s'imagina que ce dernier avait personnellement quelque chose à voir avec cette affaire et promit d'envoyer immédiatement un ordre de virement afin de régler la note d'hôtel et le billet de bateau de la colonelle. Il resta ensuite à se demander de quoi il pouvait bien retourner. Mieux valait, bien sûr, se montrer loyal envers l'amie du ministre et payer ses frais de séjour à Stockholm. Mais pourquoi diable Pohjala avait-il jugé bon de mouiller dans cette histoire l'Association des ingénieurs horticoles ? Le président était particulièrement troublé par la totale absence de scrupules du ministre, qui confinait à l'héroïsme : juste après les derniers procès pour corruption, il fallait avoir des tripes d'acier pour oser faire payer la facture de ses aventures féminines à une organisation placée sous sa tutelle. Il était également curieux que Pohjala entretienne des relations avec une colonelle. Le président s'était fait du ministre une idée toute différente. En public, il paraissait être l'un des membres du gouvernement les plus honnêtes et les plus dignes de confiance. Le président comprenait maintenant que cette image n'était que de la poudre aux yeux.

« Ces centristes ! » grommela-t-il.

L'affaire réglée, le directeur de l'hôtel *Reisen* vint saluer la colonelle et lui expliquer que le supplément de prix de la suite ne serait pas réclamé à l'Association des ingénieurs horticoles. Il lui présenta ses excuses pour ce contretemps et lui fit porter une bouteille de xérès.

Linnea se reposa toute la matinée dans sa suite, s'y fit servir un déjeuner léger, puis, fraîche et dispose, partit se promener. Le ciel s'était dégagé depuis son arrivée, c'était un vrai plaisir de flâner dans les étroites ruelles de la vieille ville, pleines de touristes en tenue estivale. Stockholm n'avait pas beaucoup changé, depuis le temps. Linnea se rappelait être venue y faire du shopping pour la première fois en 1936, déjà, au début de l'été. À l'époque, un aussi lointain voyage était du dernier chic. Le roi de Suède s'était trouvé au même moment en visite en Finlande, à Turku et à Naantali, toute la presse en parlait. Les journaux, en ce temps-là, étaient vendus dans de petites charrettes au coin des rues, et ne s'ornaient pas, comme maintenant, de photos de femmes nues.

Linnea réfléchit au choix d'un souvenir pour Jaakko Kivistö. C'était vraiment difficile. Il avait tout ce dont il avait besoin et son grand appartement débordait d'objets de toutes sortes. Il

192

semblait en outre assez déraisonnable d'acheter quoi que ce soit de très précieux et durable à un homme qui risquait de mourir bientôt de vieillesse. Elle voulait un cadeau à la fois superflu, en un sens, et d'un certain poids — intemporel, aussi, et sans grande utilité pratique. La vieille dame finit par se décider pour un presse-papiers en marbre agrémenté d'une élégante poignée en ivoire. Elle s'offrit aussi une chemise de nuit en soie naturelle. Après avoir déposé ses achats à l'hôtel, elle passa le reste de la journée à Skansen, à profiter du paysage et de la chaleur de l'après-midi.

La croisière de Jari Fagerström ne se termina, par l'ouverture des portes de sa cellule, qu'une fois le navire solidement amarré à quai. Rahikainen, toujours beuglant, avait été relâché une heure plus tôt et avait heureusement eu le temps de quitter le bord. Ankylosé par sa nuit à la dure, Jari franchit la douane d'un pas chancelant et déboucha sur le port. Une troupe de pigeons picorait en dodelinant de la tête sur le trottoir. Il prit son élan et allongea à l'oiseau le plus proche un coup de pied qui l'envoya tomber mort au milieu de la chaussée. Avec une satisfaction morose, il se traîna jusqu'au métro et se rendit dans le centre.

Jari Fagerström erra toute la journée dans les rues de Stockholm, s'enivrant de bar en bar, cherchant querelle jusqu'à se battre et se trouver couvert de bleus, toujours plus amer et déprimé. S'il était tombé sur Linnea dans cet état d'esprit, il l'aurait certainement agressée sans plus réfléchir, même au milieu de la foule.

En début de soirée, le jeune homme réussit à se procurer quelques doses de dope, à un prix invraisemblable. Après s'être piqué, il reprit un moment du poil de la bête, apprécia le voyage, ne fit qu'un avec l'univers, jusqu'à ce que l'effet du produit se dissipe et que le dur quotidien d'un étranger perdu dans une grande ville retombe sur ses épaules.

Dans la nuit, il se mit à pleuvoir, le temps fraîchit. Jari, sentant soudain le froid et une immense fatigue, tenta de trouver un hôtel où dormir, mais on ne le laissa entrer nulle part — puant, contusionné, drogué, son aspect n'avait rien d'engageant. Il se réfugia du côté de Riddarholm, dormit une heure ou deux dans un parking au bord de l'eau, derrière des voitures, mouillé et frissonnant. Plus tard, il passa en titubant les ponts menant au centre, se retrouva rue de Malmskillnad, et constata que toutes les prostituées avaient disparu, sans doute réfugiées à l'abri de la pluie, à moins qu'avec le sida le métier ne fasse plus recette, même en plein été. Découragé, Jari Fagerström se traîna vers le nord, jusqu'au jardin de l'église qui terminait la rue. Une fille de joie y grelottait tristement, seule sous son parapluie, une immigrée turque, si désespérée que même la sinistre silhouette s'avançant vers elle lui parut attirante.

Elle s'appelait Lydia. Jari lui offrit une cigarette humide et le couple partit, serré sous le même parapluie, remontant le long de l'église vers les quartiers nord de la ville ; là, la fille emmena son compagnon dans une petite chambre sordide où il fallait marcher sur la pointe des pieds et éviter de claquer les portes. Il y avait là un lavabo, un lit et les bras d'une malheureuse enfant des montagnes de l'Anatolie.

20

Jari Fagerström n'émergea du sommeil que dans l'après-midi, quelque part au nord de Stockholm, chez la gentille prostituée turque qui lui avait offert l'hospitalité. La chambre était petite et triste, sans doute un ancien garage, dans le genre du « Q.G. » de Kauko Nyyssönen rue d'Uusimaa. Jari constata qu'il était couché dans des draps bigarrés, au côté d'une jeune femme à la forte pilosité, lovée en toute confiance au creux de son épaule. Elle sentait le parfum rance et la sueur. Des sous-vêtements gisaient en tas sur le sol.

Il regarda la fille endormie. Cette gonzesse puante et noire de poil lui avait-elle refilé des saletés ? Probablement. Il fut pris d'une rage aveugle et sans pitié. Il secoua la pute pour la réveiller, exigeant à grands cris des informations sur sa santé. Sida, sida, hurla-t-il en la saisissant par le bras pour l'arracher du lit et la jeter à terre. La fille nue tenta de ramasser quelques habits pour s'en draper et fuir dehors, mais Jari se précipita sur elle et se mit à lui frapper furieusement le corps et le visage, lui bourrant les cuisses de coups de pied. Puis il se rappela que le sida ne s'attrapait pas seulement lors de rapports sexuels, mais aussi au contact du sang. Il cessa aussitôt de taper. La brune prostituée, en pleurs, s'effondra dans un coin de la pièce. Jari Fagerström enfila à la hâte ses vêtements et se rua hors du taudis. Évidemment sans payer.

Telle une ruine branlante, le misérable attendit le départ du bateau dans un bar à bière. Il avait l'estomac à l'envers, la tête aussi. Il ne lui restait plus que quelques centaines de couronnes en poche, où donc le reste s'était-il évaporé ? Il prit le métro jusqu'au port et monta à bord du navire.

Il était temps de guetter l'arrivée de Linnea. Jari se dissimula à proximité de la coupée, à l'ombre d'un escalier, pour suivre d'un regard fixe le flot des voyageurs emplissant le ferry. La foule l'épuisait, il avait les yeux rouges, la bouche pâteuse. Il ressentait encore les effets de son shoot de la veille, à moins que ce ne fût son début de cuite du jour même.

Linnea arriva avec sa petite valise, détendue et de bonne humeur, son chapeau fleuri sur la tête, arborant le sourire satisfait de quelqu'un qui a bien dormi. La vieille s'était donc procuré un billet de retour et une couchette, bien sûr, songea hargneusement Jari. Il la suivit sur le pont B et nota le numéro de sa cabine, la 112. Quand la colonelle eut refermé la porte derrière elle, il regagna l'étage du bar. Le bateau leva l'ancre, il put se faire servir à boire et commença à se sentir mieux. Après une première bière fraîche, il se dit qu'il n'y avait finalement aucune raison pour qu'il ait attrapé une quelconque maladie auprès de sa compagne de la nuit. Le sida n'était quand même pas si répandu que ça. Sa foi dans sa bonne santé se raffermit peu à peu. Le jeune homme conclut que la contamination, statistiquement parlant, était presque impossible. En admettant qu'une prostituée sur cinq soit porteuse du virus, et sachant qu'il devait y avoir environ 10 000 filles faisant le trottoir à Stockholm, il y en avait au moins 8 000 saines. Il semblait raisonnable de supposer que la Turque de la veille en faisait partie. Elle ne paraissait d'ailleurs pas malade, à première vue, la chair de son visage ne tombait pas en lambeaux et elle n'était pas couverte de tavelures nauséabondes. Cela devait bien signifier quelque chose, se persuada-t-il. Il commanda une vodka-coca on the rocks. Il avait maintenant le sentiment d'avoir tabassé Lydia pour rien, voilà qu'il se rappelait même son nom. Il aurait dû noter son adresse qui sait, au cas où il reviendrait à Stockholm, histoire de passer dire bonjour à une vieille copine.

Jari Fagerström se berçait d'illusions. Le

V.I.H. avait bien infecté son organisme, la malheureuse prostituée turque souffrait depuis six mois déjà de cette maladie professionnelle et avait contaminé son client. La triste réalité était que l'immunodéficience le guettait, mais ce n'était pas pour l'instant son problème. Il avait des soucis plus pressants. Il devait enfin s'occuper de Linnea — son sort serait bientôt définitivement réglé, elle n'avait plus longtemps à vivre.

Jari se méfia, cette fois, il but lentement et prit garde de ne pas se soûler. Dans la soirée, il alla danser à la discothèque ; il régnait dans la salle obscure une ambiance agréablement décontractée, le monde paraissait à nouveau plus souriant. Il n'avait pas réussi à rapporter de drogue, finalement, mais c'était peut-être aussi bien — il ne risquait pas de se faire pincer pour trafic illicite à la douane de Katajanokka et d'écoper d'un long séjour en cabane pour quelques malheureuses doses. Il décida de se reposer quelques jours, une fois de retour à Helsinki, puis de monter un gros coup. Kake pourrait planifier les détails de l'opération, le succès était assuré. C'était encore l'été, les gens étaient tous en vacances, il serait facile de vider quelques appartements en bordure du parc, à Kaivopuisto, on y trouvait toujours des tableaux et de l'argenterie, qui rapportaient maintenant plus que le matériel hi-fi qui traînait partout. Mais pour l'instant, il fallait garder les idées claires, bientôt il faudrait jeter Linnea à la

mer. Avec un coup dans le nez, la besogne risquait de tourner au vinaigre.

Vers trois heures du matin, Jari se rendit sur
la pointe des pieds à l'étage des cabines B. Il
frappa à la porte de Linnea. La vieille femme, qui
avait le sommeil léger, se réveilla et marmonna
quelque chose. Jari, d'une voix haut perchée,
pria la colonelle de lui ouvrir, une vieille amie la
demandait.

Tout ensommeillée, Linnea s'habilla, prit son
sac à main, entrebâilla la porte. Qui donc pouvait-il y avoir à cette heure dans la coursive ?
L'autre occupante de la cabine commençait à se
réveiller, elle sortit afin de la laisser dormir.

Jari Fagerström couvrit la bouche de Linnea
de sa large main et referma de l'épaule la porte
de la cabine. Puis il saisit la vieille femme dans
ses bras et, au pas gymnastique, partit vers les
escaliers avec son léger fardeau. Un coup d'œil
en bas, un coup d'œil en haut, la voie était libre.
Jari porta la vieille femme sur le pont supérieur
désert et la posa près du bastingage. Le corps
fluet de la colonelle palpitait entre ses mains
solides tel un oisillon effrayé. Dans la pénombre
de la nuit d'été, Linnea, avec un frisson d'effroi,
reconnut enfin son ravisseur.

Jari haletait, avoir monté l'escalier à toute
vitesse avec la colonelle dans les bras l'avait
essoufflé, si menue soit-elle. Peut-être était-il
temps qu'il fasse un peu de musculation. Il gro-

gna à Linnea de ne pas crier, retira sa main de sur sa bouche et essuya la sueur de son front. La vieille femme le supplia de l'épargner : où voulait-il en venir ? N'y avait-il pas moyen de s'arranger ? Jari alluma une cigarette, vérifia qu'il n'y avait pas d'autres passagers sur le pont, et saisit solidement la colonelle sous les aisselles. Elle comprit qu'il avait l'intention de la jeter par-dessus bord.

« Jari, s'il te plaît, laisse-moi prendre mon remède, je t'en prie... j'ai du poison. »

Linnea pleurait. Elle ouvrit son sac d'une main tremblante et sortit sa seringue.

Le tueur dressa l'oreille. Un remède ? Nom de Dieu, la vieille avait sur elle des drogues de son toubib, bien sûr ! Les médecins pouvaient se procurer gratuitement de l'héroïne ou de l'opium, il aurait dû le savoir. Et dire que cette colonelle, une retraitée modèle, soi-disant respectueuse de la loi, se shootait elle aussi ! Sale hypocrite ! Il avait certainement plus besoin d'un fixe que cette vioque.

Jari Fagerström arracha la seringue des doigts crispés de Linnea, retroussa sa manche et se planta l'aiguille dans une veine. Béatement, il actionna le piston et s'injecta le liquide. Son sang se mit aussitôt à bouillonner dans son cerveau, c'en était vraiment de la bonne, ouah ! ses genoux se dérobèrent, ses forces s'évanouirent, son cœur tressauta dans sa poitrine comme sous l'effet d'une balle. Son corps s'affaissa, il s'effondra mort sur le pont. Linnea ôta la seringue vide de son bras, baissa la manche de son blouson et courut se cacher derrière la plus proche chaloupe.

Le corps du jeune homme était recroquevillé en position fœtale près du bastingage. Le ronflement des diesels du bateau se confondait avec le grondement de la mer. La nuit était froide et brumeuse. Linnea savait qu'elle devait avant tout se calmer. Fallait-il signaler l'incident au personnel du navire ? Le capitaine le prendrait-il mal si elle lui parlait du défunt étendu sur le pont des embarcations ? Elle mesura toute l'horreur de la situation.

On ne s'habitue jamais à la mort, songea la colonelle Linnea Ravaska.

« Enfin, Dieu merci, tu as eu ce que tu méritais. »

Le décès subit du jeune homme l'emplissait de soulagement et de honte.

L'ingénieur forestier Erik Sevander avait joué aux cartes toute la nuit dans sa cabine, avec pour partenaire l'infirmière Anneli Vähä-Ruottila. Il revenait de Stuttgart, d'une réunion sur la prévention des accidents du travail de la commission des forêts du Conseil de l'Europe, à laquelle sa compagne, employée comme lui du conglomérat Rauma-Repola, avait aussi participé à titre professionnel. Sur le chemin du retour, ils avaient, pour passer le temps, fait quelques parties de gin-rummy, puis de strip-poker, qui s'étaient terminées par la glorieuse nudité des deux joueurs. Sevander, qui avait déjà un certain âge, avait ensuite suggéré une vivifiante promenade nocturne dans le bon air marin. Le couple sortit sur le pont supérieur afin d'admirer la mer écumante. Par malheur, ils trébuchèrent aussitôt sur le corps de Jari Fagerström.

Sevander, sans rien avoir contre un bon cognac, trouvait extrêmement déplaisant de tomber à tout bout de champ sur des Finlandais qui buvaient jusqu'à rouler par terre. Il se pencha vers le pochard et le secoua pour le réveiller. Aucun signe de vie. L'ingénieur forestier s'énerva, souleva l'homme par les aisselles pour l'appuyer contre le bastingage et le gifla légèrement sur les deux joues.

« Soûl comme un cochon... Il mériterait qu'on le porte dans le bureau du commissaire du bord. » Sevander était outré.

L'infirmière Anneli Vähä-Ruottila tâta le pouls de l'ivrogne. La triste réalité leur apparut vite à tous deux. Sevander avait un mort sur les bras : il ne s'agissait pas d'un coma éthylique, malgré les légers effluves d'alcool que dégageait le cadavre.

L'ingénieur forestier comprit qu'il s'était encombré d'un très désagréable problème. Tout décès survenu dans des circonstances opaques impliquait automatiquement une enquête de police détaillée, des interrogatoires sévères et, dans ce cas au moins, des soupçons qui se porteraient à l'évidence sur lui. Même s'il parvenait, avec de la chance, à échapper aux sanctions prévues par le code pénal, l'affaire déclencherait quoi qu'il advienne un sacré scandale, tant au siège de Rauma-Repola que dans la branche forestière du groupe, à cause du corps, bien sûr, mais aussi de la présence d'Anneli Vähä-Ruottila. Sans parler de sa vie familiale — il n'était un homme libre qu'à l'occasion de voyages d'affaires tels que celui-ci... son épouse et ses trois enfants, tous adultes, moralisateurs et bigots, nom de Dieu, feraient un raffut terrible s'ils apprenaient que leur fidèle mari et père affectionné avait été mêlé à une mort suspecte après s'être vautré sans vergogne dans le stupre et la fornication.

Quand il était jeune stagiaire, Sevander avait eu l'occasion de flotter du bois sur le Kemijoki ; il y avait appris à faire preuve d'audace et à résoudre les problèmes les plus difficiles. Lorsqu'il se forme un embâcle, il faut le dynamiter, sinon l'eau de la rivière entraîne les troncs dans les marais. Pour éviter de telles catastrophes, tout bon draveur doit savoir prendre des mesures radicales.

L'ingénieur forestier demanda à sa compagne

si l'homme était réellement, définitivement et irrémédiablement mort. L'infirmière examina de plus près le corps de Jari Fagerström et déclara bientôt qu'il n'y avait aucun espoir, toute tentative de respiration artificielle était vaine. On ne faisait pas plus mort. Une autopsie permettrait bien sûr d'établir la cause du décès...

« Inutile de se mettre à le charcuter », déclara Sevander d'un ton décidé, et il souleva le corps pour le faire basculer dans le vide par-dessus le bastingage. Dans la pénombre de la nuit, la pécheresse dépouille de Jari Fagerström plongea à la verticale dans la mer. Une gerbe d'écume apparut dans le sillage du bateau quand le cadavre vint frapper l'eau avec un bruit sourd que l'on entendit jusqu'au pont supérieur. Quelque part dans le ciel, un goéland brun aux lourdes ailes lâcha un cri plaintif.

L'ingénieur forestier Erik Sevander et l'infirmière Anneli Vähä-Ruottila contemplèrent un instant la houache du navire, accoudés en silence au garde-fou. Puis le couple quitta le pont, l'homme soutenant du bras la démarche quelque peu hésitante de sa compagne.

La colonelle Linnea Ravaska fut le seul témoin de cette macabre scène. Quand tout fut terminé, elle sortit de l'ombre de la chaloupe, regarda elle aussi un moment la houle nocturne, puis rejoignit sa cabine. En silence, elle se déshabilla et se glissa sous les couvertures. Elle était si choquée qu'elle ne parvenait pas à réfléchir clairement aux terribles événements qui venaient de se produire sur le pont des embarcations. En un sens, elle se sentait malgré tout libérée d'un grand poids.

Au fil de l'automne, les caprices des courants marins entraînèrent le corps empoisonné de Jari Fagerström vers la mer d'Åland, où, après avoir longtemps dérivé, il s'échoua sur un haut-fond au sud d'Eckerö. Une coriace anguille géante, qui revenait en Finlande après avoir frayé dans la mer des Sargasses, tomba sur le corps agréablement décomposé du jeune malfrat et s'en régala, ce qui la fit notablement grossir et lui transmit par la même occasion le dangereux virus du sida. Elle ne succomba cependant pas à cette terrifiante maladie accablant l'humanité. Grasse et sans souci, la vorace dévoreuse de cadavre nagea en effet droit dans la nasse d'Albin Vasberg, un vieux pêcheur de quatre-vingt-treize ans.

« Cré vain dieu la belle bête ! » s'exclama-t-il en extirpant de sa bosselle l'anguille porteuse du V.I.H. Malgré ses contorsions, la créature ne put échapper à son destin : Albin Vasberg la cloua par la queue au mur de son hangar à bateaux, l'acheva d'un coup de massue, la dépouilla et la débita en tronçons dans une casserole. Puis il la fit cuire, la fuma et la découpa en tranches qu'il mangea avec du boudin noir et du beurre fondu.

Les virus de la fille de joie turque étaient restés vivants tout au long de leur périple, des nuits stockholmoises à cet instant, mais, lorsqu'ils entrèrent en contact avec les sucs gastriques d'Albin, ils périrent jusqu'au dernier sans plus laisser la moindre trace de leur immonde existence.

21

Quand Linnea Ravaska revint de sa croisière en Suède, Jaakko Kivistö s'aperçut vite que tout n'allait pas pour le mieux. Sa vieille amie était nerveuse, renfermée, muette sur son voyage. Elle semblait avoir peur de quelque chose d'affreux, mais se refusait à en parler.

Si Linnea avait été plus proche de la cinquantaine, il aurait pu comprendre son angoisse et son inquiétude ; la ménopause, avec tous les changements qu'elle amène, bouleverse à cet âge la vie des femmes. Mais la colonelle avait depuis longtemps laissé de tels soucis derrière elle. Et pourtant, elle présentait des symptômes inquiétants.

Comme l'humeur de Linnea ne s'améliorait pas, Jaakko Kivistö décida de lui poser directement la question. Il exigea qu'elle lui fasse part de ses problèmes. Que s'était-il passé sur le ferry, pour qu'elle soit dans cet état ? Le vieux médecin jura qu'il était prêt à tout entendre et, si nécessaire, à garder le plus absolu secret.

Linnea n'avait plus d'autre choix que de se confier à lui. Et son histoire était effarante. Elle commença par raconter l'intrusion de Pertti Lahtela dans l'appartement de la rue Döbeln, puis sa mort et son enterrement; pour finir, elle décrivit le second décès survenu pendant le voyage de retour de Stockholm. Son récit donnait le vertige. Dire que cette bonne vieille Linnea avait deux fois de suite risqué la mort, mais heureusement réussi à se tirer en vie de cette épouvantable situation.

Le médecin lui prescrivit des calmants. Les deux vieillards décidèrent, à partir de cet instant, de se tenir les coudes quoi qu'il advienne. Jaakko jura qu'il se battrait pour protéger Linnea, fût-ce au péril de sa vie. Ils convinrent d'un commun accord de dissimuler les décès survenus, on ne pouvait en aucun cas s'en ouvrir aux autorités.

La mort des jeunes gens était donc un fait. Et à y réfléchir objectivement, il était aussi exact que tous deux avaient succombé au poison concocté par Linnea. Jaakko Kivistö jugea plus prudent de confisquer les potions de son amie et de les enfermer dans sa propre armoire à pharmacie. À la première occasion, il faudrait les porter à la plus proche déchetterie. Ils parlèrent aussi du pistolet d'ordonnance de Rainer. Jaakko convainquit Linnea de ne pas le conserver sur elle, et le parabellum passa lui aussi sous sa garde.

Deux des persécuteurs assoiffés de sang de la colonelle avaient certes péri, mais il restait le troisième, son diabolique neveu Kauko Nyyssönen. Jaakko et Linnea étaient conscients de la menace de plus en plus dangereuse qu'il représentait pour cette dernière.

Jaakko Kivistö se résolut secrètement à agir. Il était né homme, et considérait qu'il était de son devoir de protéger une frêle vieille femme dont la vie était en danger.

Le dernier membre vivant du trio, Kauko Nyyssönen, était venu attendre Jari Fagerström à l'arrivée du bateau de Stockholm. Il s'imaginait déjà, avec un agréable frisson d'excitation morbide, le bonheur qu'il aurait de constater que Linnea s'était noyée en route, d'accueillir son vieux copain et d'entendre de sa bouche les plus croustillants détails de la croisière. Et quel plaisir de pouvoir bientôt adoucir la dure réalité quotidienne en partageant quelques drogues.

Mais Fagerström ne se montrait pas. Où donc était-il passé ? On aurait pu penser qu'il se serait précipité à terre parmi les premiers, dès que le ferry aurait accosté.

Quelle ne fut pas la stupéfaction de Nyyssönen quand il vit, au lieu de son ami, débarquer la colonelle Ravaska. Qu'est-ce que ça voulait dire ? Fagerström n'avait pas réussi à tuer la vieille femme, qui se dirigea à petits pas pressés vers la file d'attente des taxis, plus vivante que jamais, avec peut-être même sur le visage un air plus déterminé qu'auparavant. Kake laissa échapper un lourd soupir. Linnea était vraiment coriace. Et où Jari avait-il disparu, nom de Dieu?

Kauko Nyyssönen attendit près de deux heures au port, jusqu'à ce que le bateau soit vide. Aucun signe de son camarade. Était-il resté faire la foire à Stockholm? Perdu dans ses pensées, il quitta le terminal. Il acheta le journal du soir et le lut attentivement, on n'y annonçait en tout cas pas la mort de Fagerström. Curieusement, il commençait à avoir l'impression que cette hypothèse n'était pas à exclure. Linnea se faisait mortellement dangereuse.

Kauko Nyyssönen apprit le sort de Jari Fagerström quelques jours plus tard, quand le docteur Jaakko Kivistö lui rendit une étrange visite dans son trou à rats. Le médecin avait eu l'adresse par Linnea et avait décidé de prendre l'affaire en main. Muni du pistolet d'ordonnance de Rainer Ravaska, il força l'entrée de la cave de Kake en jouant les gros bras.

Nyyssönen s'étonna des manières du vieil homme. Avec un amateurisme ridicule, brandissant une arme qu'il savait à peine par quel bout prendre, le médecin exigea qu'il laisse Linnea tranquille, sous peine de se retrouver avec des tueurs professionnels sur le dos. Il le menaça avec des airs de boss de la mafia, fronçant les sourcils d'un air sinistre, la bouche tordue en un froid sourire ironique, comme il l'avait vu faire dans les films. Mais il était mauvais acteur, et Kake était un criminel bien trop endurci pour se laisser impressionner par ses gesticulations. Kivistö lui révéla par contre au passage comment Lahtela et Fagerström étaient morts. Ses pires soupçons étaient donc fondés. Linnea avait tué ses deux meilleurs amis. Et maintenant, ce vieux hibou cherchait à l'intimider, s'imaginant qu'un spécialiste pouvait prendre au sérieux ses stupides tentatives de pression tout droit sorties d'un roman policier. Au secours ! Mais qu'il arrête ! Kauko Nyyssönen prit un air terrifié et jura au médecin qu'il quitterait le pays, pour le restant de ses jours s'il le fallait, si seulement il le laissait partir. Cela satisfit Jaakko Kivistö. Après avoir lancé un dernier regard noir à sa victime, il quitta la cave. Dans la rue, il soupira de soulagement et se félicita du succès de son offensive. Il était maintenant sûr que Kauko Nyyssönen n'oserait plus jamais se mêler de la vie de Linnea Ravaska.

Le médecin, survolté par son nouveau sentiment de puissance, entra fêter sa victoire au bar de l'hôtel *Marski*. En homme paisible, il ne se fâchait que rarement, mais avec d'autant plus de poids. Il referma une main ferme et virile sur les flancs rebondis de son verre de cognac. Il se dit qu'il aurait dû intervenir bien plus tôt dans les activités de ces criminels. Peut-être aurait-on pu leur épargner la mort et les placer dans les établissements que la société entretient à l'intention d'aussi tristes rebuts de l'humanité ? Ce n'avait hélas pas été le cas, et la malheureuse Linnea avait dû affronter seule le problème. Il était temps que cela change. Il fallait un homme à poigne pour mater la pègre, ainsi qu'il venait de le démontrer.

Satisfait, le docteur Jaakko Kivistö rentra chez lui, auprès de Linnea, sans bien sûr rien révéler de sa rencontre avec Nyyssönen. Sa vieille amie avait suffisamment souffert à cause de son neveu, il veillerait désormais à sa sécurité — en personne, en se fiant à sa force et à son intelligence.

Après avoir réussi à se débarrasser de Jaakko Kivistö, Kauko Nyyssönen réfléchit : ces deux vieux débris avaient définitivement disjoncté, aussi bien lui qu'elle. Linnea était plus que dangereuse, il devait l'écarter de son chemin avant qu'elle ne s'en prenne à lui. Il n'y avait pas de temps à perdre, songea-t-il, il devait éliminer sa tante au plus vite. Il pourrait ensuite, qui sait, liquider aussi l'autre fossile, ce ne serait ni très fatigant ni très dangereux. Cet imbécile, sous ses airs de dur, avait plus eu la pétoche que lui, tout à l'heure. Kauko Nyyssönen sourit : comment cet ahuri de toubib, qui avait toujours mené une existence douillette et protégée, avait-il pu croire qu'il réussirait à flanquer la frousse à un vrai professionnel ? Avait-il déjà oublié la correction qu'il avait reçue à Harmisto ?

Quoi qu'il en soit, ce vieux croûton dérangé n'était pas son principal souci, pour le moment, il lui fallait un plan pour Linnea. Après avoir envisagé diverses méthodes d'assassinat, toutes plus tentantes les unes que les autres, Kauko Nyyssönen décida de tuer sa seconde mère par noyade. Pour cela, il suffisait de voler un bateau solide et de gagner le large, un jour de brouillard. Une caisse de bières, une hache, un sac de pierres et hop ! la tantine à bord !

22

Le ferrailleur en bâtiment Oiva Särjessalo, quarante-quatre ans, s'était querellé avec sa famille. Sa femme lui avait adressé, sur un ton où l'incompréhension se mêlait aux reproches, des remarques acerbes sur son ivrognerie. Les enfants, tous deux adolescents, avaient pris le parti de leur mère. Mais de quoi pouvaient-ils sérieusement se plaindre, tous autant qu'ils étaient? Il avait fait construire à Pakila un pavillon relativement luxueux, acheté un bateau et une voiture et vêtu son épouse ingrate et ses injustes gosses. Et s'il arrivait parfois, ou même assez souvent, à un homme tel que lui de lever le coude, eh bien, nom d'un chien, il n'y avait pas de quoi lui chercher perpétuellement des crosses.

La dispute s'était envenimée quand sa femme lui avait déclaré qu'elle n'avait rien contre une consommation modérée et civilisée d'alcool, chez soi et dans le calme, mais qu'elle ne pouvait plus supporter ses éternelles beuveries.

L'échange de mots avait dégénéré en franche engueulade et, pour finir, Oiva Särjessalo s'était jeté, sur son épouse pour la rouer de coups. Les enfants étaient sortis en courant dans la rue, bientôt suivis de leur mère, sanglotant hystériquement. Comment en était-on encore une fois arrivé là ?

Le ferrailleur, ivre d'alcool et de rage, avait sauté dans sa voiture et roulé jusqu'au port de plaisance de Kaivopuisto où se balançait, tranquille et indulgent, le *Consolation III,* un beau bateau familial de dix mètres, à deux cabines, construit au chantier d'Inko en pin assemblé à clins.

Une fois à bord, Oiva Särjessalo, les yeux injectés de sang, déboucha sa dernière bouteille de vodka et la vida dans son gosier. À la tombée du soir, il se traîna jusqu'au fin fond de la cabine avant, près du puits de l'ancre, et s'y endormit comme souvent. Son pied droit glissa dans l'eau de cale huileuse, le pouce de sa main gauche trouva le chemin de ses lèvres affaissées, sa bouche se referma dessus comme sur une sucette, laissant de temps à autre échapper un tiède bruit de succion.

Dans la nuit, Kauko Nyyssönen visita à pas de loup le port de plaisance afin de choisir une embarcation propice à une expédition de noyade en haute mer. Il parcourut un à un les appontements et se décida finalement à voler une grosse barque de pêche en bois, qui se trouva par hasard être le *Consolation III* d'Oiva Särjessalo. Kake avait fait une balade dans l'archipel de Helsinki, quelques étés plus tôt, avec un bateau de ce type, personnellement volé par le regretté Pera Lahtela ; il avait pu, à cette occasion, tenir la barre et étudier le fonctionnement du diesel, et il pensait que ce rafiot-ci obéirait de même sans grandes difficultés à son nouveau capitaine.

Nyyssönen constata que la porte de la cabine n'était pas verrouillée. Il essaya de mettre le moteur en marche. Il lui fut facile de connecter les fils, sous le pupitre de commande, et de lancer le starter. Un coup d'œil à la jauge, le réservoir semblait presque plein. La barre fonctionnait sans entrave. Kake trancha les amarres et enclencha la marche arrière.

Avec docilité, le gros bateau s'écarta de l'appontement et se tourna fièrement vers des eaux plus libres. Nyyssönen passa en souplesse en marche avant et mit les gaz. La mer nocturne était calme, et Kake parvint vite au large de Pihlajasaari. Contournant l'île par le nord, il ouvrit le rouf et passa la tête dehors. Une agréable brise marine lui caressa le visage.

Le navigateur avait un plan bien établi. Cette nuit, il devait se familiariser avec le bateau, faire une sortie dans des eaux peu fréquentées, du côté d'Espoo. Au petit matin, il serait temps de regagner la terre ferme ; il avait repéré des anneaux d'amarrage libres au port de plaisance de Taivallahti à Töölö. Il avait aussi observé en secret les allées et venues de Linnea et constaté qu'elle avait l'habitude de faire tous les matins une promenade qui la conduisait précisément jusqu'à Taivallahti. Elle y nourrissait les canards, en leur promettant d'une voix de vieille femme faussement bienveillante, qui s'entendait jusqu'au parc voisin, qu'elle ne tuerait plus jamais d'oiseaux... ni pigeons, ni surtout palmipèdes. Kake la croyait sans peine, la colonelle était une tueuse d'hommes, et même son neveu n'était pas à l'abri de ce monstre. Quoi qu'il en soit, si tout se passait bien, il pourrait l'embarquer à son bord dès le lendemain matin.

Une bonne demi-heure plus tard, le *Consolation III,* piloté avec insouciance par Kauko Nyyssönen, parvenait au large d'Espoo. À cette heure de la nuit, le trafic était réduit, seuls quelques rares bateaux étaient de sortie. En croisant ces navigateurs nocturnes, Kake remarqua qu'ils lui faisaient cordialement signe de la main. Il apprit vite à répondre à ces saluts, tout ému de penser qu'il avait lui aussi des amis, de francs camarades, sur ces vastes étendues marines.

Tandis qu'il doublait un groupe d'îles par le nord, dans le chenal de Bodö, Kake vit soudain arriver dans sa direction, venant de Porkkala, une vedette de surveillance des côtes : on distinguait à des kilomètres les marques orange de la proue. Il prit peur, que pouvaient bien faire les garde-côtes, en pleine nuit, dans ces eaux abritées ? Et si un crétin, au port de plaisance, avait remarqué la disparition du bateau et sommé une patrouille de cueillir le voleur ? Kauko Nyyssönen se décida en un instant, il vira de bord et piqua vers le large, longeant Lehtisaari. À pleine vitesse, il espérait avoir le temps de se réfugier derrière les îlots les plus éloignés avant que la milice attaque. Mais la lourde barque en bois à large carène était bien trop lente pour de telles manœuvres. L'équipage de la vedette remarqua le comportement suspect du bateau qui venait brusquement de changer de cap et décida de tirer l'affaire au clair. Fendant sans effort les flots dans un jaillissement d'écume, l'embarcation des garde-côtes entreprit de rattraper le bateau s'éloignant du chenal.

Pris de panique, Kauko Nyyssönen tenta de se faufiler entre Tvihjälp et Alskär afin de se mettre à l'abri derrière les îlets qui se dressaient au-delà, dans la pénombre, mais sa barque à fort tirant d'eau heurta presque aussitôt un haut-fond, l'hélice se brisa, le moteur en surrégime se mit à hurler. Nyyssönen dut se résoudre à couper l'engin et à abandonner le navire. Il sauta à la mer et nagea vers le récif le plus proche. Il faisait heureusement encore assez sombre, il lui restait peut-être un espoir. Après avoir parcouru une cinquantaine de mètres, il réussit à se hisser épuisé sur des rochers glissants et à ramper jusque dans un creux. Une faible houle venait mourir à ses pieds, une odeur de varech montait à ses narines. La vedette de surveillance des côtes s'approcha dans un vrombissement du *Consolation III*, on entendit des ordres amplifiés par un haut-parleur. Nyyssönen frissonna. Les autorités se démenèrent à grand bruit, comme toujours dans ce genre de situation, mais ne trouvèrent pas le fugitif sur son îlot rocheux. Au bout d'un moment, la patrouille quitta les lieux, non sans avoir pris en remorque le bateau en bois naufragé. Kake soupira de soulagement, cette fois au moins, il l'avait emporté sur les forces de l'ordre.

Quel sentiment voluptueux. Lui, Kauko Nyyssönen, était sorti vainqueur d'un duel avec des marins chevronnés, alors qu'il n'avait pris la mer que pour la deuxième fois de sa vie. Quels sommets n'aurait-il pas atteint s'il avait choisi de faire carrière dans la marine ! D'immenses talents se gaspillaient dans cet État policier du simple fait de circonstances défavorables, des individus supérieurement intelligents étaient exclus de la société pour la seule raison qu'ils refusaient de se plier au joug esclavagiste de lois et de règlements mesquins.

Le triomphe de Kauko Nyyssönen fut de courte durée. Il resta près de vingt-quatre heures sur son récif désolé, trempé de la tête aux pieds,

tremblant de froid. Les plaisanciers qui passèrent dans la journée ne virent pas les signes
qu'il leur faisait, ou n'en tinrent pas compte.
D'autres les interprétèrent mal et lui répondirent
avec enthousiasme, agitant gaiement la main.
Ce n'est qu'en fin d'après-midi que le héros des
mers, profondément déprimé, fut recueilli à bord
d'un bateau de tourisme, le *Espoo I*, qui croisait
dans les parages. La grande embarcation ne pouvait accoster les rochers plats de l'îlet, et Kake
dut patauger dans l'eau jusqu'au cou avant que
l'on puisse le hisser à bord.

Le voyage de retour fut assez inattendu. Le
naufragé découvrit qu'il avait été sauvé par une
troupe d'athlétiques jeunes filles suédoises, une
joyeuse bande d'élèves de terminale de la section
ski du lycée sportif de Jällivaara, venues en
excursion dans la ville natale de leur idole, la
championne nordique de fond Marjo Matikainen, et passant par hasard, en compagnie de
cette dernière, à proximité de l'îlot occupé par
Kauko Nyyssönen.

Le rescapé fit à ses bienfaitrices émoustillées le
récit imaginaire de ses aventures : livré aux éléments après que son bateau eut coulé, il avait
nagé pendant des kilomètres, seul dans les flots
déserts. Il avait perdu non seulement sa barque,
mais aussi ses filets et un très précieux chargement de saumons.

Le patron du *Espoo I* proposa de signaler l'accident par radio aux garde-côtes ou à la Société de sauvetage en mer, mais Kauko Nyyssönen, stoïque, déclina l'offre. Un vrai loup de mer affronte seul les conséquences des naufrages, inutile, pour de telles broutilles, de déranger les autorités, déjà bien assez occupées — et à des choses plus importantes, souligna-t-il modestement.

Impressionnées par cet édifiant exemple de rude virilité, les sportives lycéennes suédoises, de retour à Jällivaara, vantèrent à leurs parents, et surtout à leurs petits amis, l'esprit de sacrifice, la solidité des nerfs et l'humilité des Finlandais.

Pendant le trajet, on habilla Kauko Nyyssönen de vêtements chauds prêtés par les excursionnistes. Après avoir quitté le bateau au débarcadère de Nokkala, au pied du quartier de Matinkylä, à Espoo, et alors qu'il se dirigeait vers le bar le plus proche, il se rendit compte à sa plus grande joie qu'il portait le sweat-shirt de Marjo Matikainen. Ce dernier était brodé d'insignes de nombreux sponsors. Une fois accoudé au comptoir de *La Flasque*, il lui fut facile de vendre cet exceptionnel souvenir de la reine du ski nordique, au prix de mille marks. Il tira donc ainsi un certain profit de son équipée maritime. Les piliers de bar de l'endroit lui manifestèrent un respect envieux, d'autant plus qu'il leur expliqua d'un ton pudique être le petit ami et l'entraîneur de la championne, et n'avoir délaissé qu'exceptionnellement son devoir pour une petite virée au bistrot. Mais il avait, avant cela, rédigé d'une main ferme et intransigeante le programme d'entraînement de Marjo pour la saison prochaine. Il pouvait donc boire quelques verres sans compromettre d'aucune manière la réputation future du ski finlandais.

Pour le propriétaire du *Consolation III*, Oiva Särjessalo, le naufrage causé par Kauko Nyyssönen fut une surprise plus rude qu'à l'accoutumée. Il ne se souvenait de rien. Cela n'avait rien d'inhabituel, après une sérieuse cuite, mais en général, même soûl, il se conduisait à peu près raisonnablement — si l'on exceptait les scènes de ménage et autres choses de ce genre. Cette fois, cependant, il fut tiré de son sommeil, dans sa cabine avant, par un choc violent, puis, un moment plus tard, définitivement réveillé par des garde-côtes qui le secouaient. On lui ordonna de monter sur le pont. On était en pleine nuit, loin du port d'attache. Et d'après l'éthylomètre, il avait 2,8 grammes d'alcool dans le sang. Oiva Särjessalo, tenta d'expliquer qu'il n'avait pas pour habitude de prendre la mer en état d'ivresse, comment pouvait-on le soupçonner d'un tel comportement. Si seulement il se rappelait quoi que ce soit des événements de la veille... Il exposa une théorie : peut-être un mauvais plaisant avait-il défait les amarres du bateau, qui

avait pu dériver de l'appontement de Kaivopuisto jusqu'ici... où était-on, au fait?

Quand il apprit qu'il avait « dérivé » par une
nuit sans vent, le long d'un chenal tortueux
entrecoupé d'innombrables îlots et récifs, jusque
loin au large d'Espoo, Särjessalo s'effondra. Il
jura d'arrêter de boire, si cela pouvait encore être
d'une quelconque utilité. N'y avait-il pas moyen
de s'arranger ?

Mais l'on sait que les forces de l'ordre ne
traitent que par le mépris les pitoyables sugges-
tions des délinquants pris de boisson. Le ferrailleur en bâtiment Oiva Särjessalo fut remor-
qué à terre avec son bateau, remis à la police et
embastillé sous bonne garde. Le moment venu, il
dut répondre devant la justice de conduite de
navire en état d'ivresse et de mise en danger
de la circulation maritime, et fut condamné à
trois mois de prison avec sursis, ainsi qu'à une
amende conséquente.

La peine était à peu près équivalente à celle
qui aurait pu lui être infligée pour violences
conjugales. Le remplacement de la coûteuse
hélice du bateau vint s'ajouter aux frais. Les
mauvaises actions sont toujours punies, même si
les voies du destin sont parfois tortueuses. Cette
fois, le redresseur de torts qui avait vogué au
secours de Mme Särjessalo était Kauko Nyyssönen. Ce fut, incidemment, la première et la
dernière fois de sa vie qu'il servit la Justice.

23

Une fois remis de son naufrage et des tournées
de bars riches en explications maritimes qui
avaient suivi, Kauko Nyyssönen jeta son dévolu
sur un hors-bord en aluminium d'à peine cinq
mètres cinquante de long. Il avait trouvé l'embarcation amarrée à Vuosaari et n'eut aucun mal
à se l'approprier — la mince chaîne rouillée qui
la retenait attachée céda au premier coup de
pierre. La barque était équipée d'un moteur de
quarante chevaux et, avec une telle puissance,
atteignait une vitesse impressionnante, trente
nœuds au moins avec deux personnes à bord.
Avec un engin aussi rapide, Nyyssönen pensait
pouvoir semer sans mal les garde-côtes, si le
besoin s'en faisait sentir.

Deux jours de suite, Kake épia les activités
matinales de Linnea à Töölö. Comme auparavant, la colonelle se promenait dans le parc de
Hesperia et poussait jusqu'au port de plaisance

de Taivallahti, où se pressait à cette heure une abondante population de canards affamés.

Il y avait hélas aussi souvent, au bord de l'eau, de petits groupes de clochards dont la présence l'inquiétait. Il ne tenait pas à ce que l'enlèvement qu'il projetait ait des témoins.

Contournant la ville d'est en ouest, Kauko Nyyssönen conduisit le hors-bord de Vuosaari à Taivallahti. Le moteur tournait rond, le canot était parfaitement adapté à de nombreux usages. Il était équipé d'un volant, de rames et de deux gilets de sauvetage. Un seul aurait d'ailleurs suffi — pour Linnea, Kake avait prévu un solide sac de chanvre qu'il remplit de galets ramassés sur la grève et ferma soigneusement. Les pierres pesaient lourd, assez à son avis pour entraîner dans les profondeurs une petite vieille aussi légère que sa tante.

En s'activant ainsi, il lui revint à l'esprit que quelqu'un lui avait raconté un jour que les vrais professionnels, pour noyer leur victime, nouaient le sac autour des chevilles et non sous les aisselles, le corps coulait ainsi les pieds devant et non la tête la première et se tenait debout au fond, parce qu'il restait toujours un peu d'air dans les poumons. Cette position empêchait paraît-il le corps de remonter à la surface quand il commençait à pourrir. Allez savoir pourquoi...

Nyyssönen passa récupérer sa hache chez Maritta Lasanen, mais cette dernière lui expliqua que la police l'avait depuis longtemps confisquée et emportée. Elle lui donna le reçu. Kake jeta le papier à la poubelle, il n'allait pas réclamer l'arme du crime au commissariat. D'ailleurs, l'idée d'un meurtre à la hache semblait inutilement brutale, un coup de rame suffirait bien à assommer une frêle vieillarde, la mer se chargerait du reste.

Quand tout fut prêt, Kauko Nyyssönen se posta dans son hors-bord au port de Taivallahti pour guetter Linnea. La matinée s'annonçait brumeuse, tout à fait propice, en soi, à ses plans de noyade, mais la vieille femme ferait-elle sa promenade matinale en dépit de l'humidité ambiante ? Deux clochards tournicotaient en outre près du wharf.

Nyyssönen mit pied à terre et s'approcha d'eux.

« Fichez le camp d'ici. C'est une plage privée. »

Les deux hommes n'étaient pas disposés à s'en aller. Ils étaient occupés à boire du lait et à éplucher du saucisson. Quand Nyyssönen réitéra plus énergiquement son injonction, ils se rebiffèrent et déclarèrent qu'ils avaient bien le droit, eux aussi, de se trouver quelque part. On ne cessait de les chasser de partout, pour d'autres lieux d'où on les sommait à nouveau de déguerpir.

Nyyssönen, sans prendre la peine de discuter plus longtemps, se jeta sur eux, en renversa un d'une bourrade, envoya valser dans le sable d'un coup de pied le carton de lait que tenait l'autre et leur tira les cheveux à tous deux. Ils se relevèrent avec des grognements furieux et s'enfuirent en boitillant, courant à demi. Kake leur fit un bout de conduite, jurant que s'ils se montraient encore une fois sur la plage, il leur casserait les côtes à coups de tatanes.

Par chance, Linnea arriva peu de temps après au port de plaisance. Elle était munie de son manchon, dans lequel elle avait rangé un sac en papier plein de restes de brioche. Nyyssönen se dépêcha de regagner son bateau, où il attendit qu'elle approche.

Linnea, jouissant de la solitude et de l'air vivifiant de la mer, s'engagea sur l'appontement. Les canards, flairant l'aubaine, se précipitèrent en nasillant d'excitation vers la vieille dame qui marchait dans leur direction, non loin du hors-bord de Nyyssönen.

« Petits, petits, petits », susurra la colonelle, arrivée au bout des planches. Toute à la troupe qui barbotait à ses pieds, elle n'avait pas remarqué son neveu, de l'autre côté des pilotis. Elle se mit à lancer des miettes aux canards, qui se les disputèrent en cancanant bruyamment.

Nyyssönen se redressa lentement, sauta d'un bond souple sur le wharf, s'approcha sans bruit dans le dos de Linnea et referma d'un geste ses bras autour d'elle. Il la souleva sans mal, malgré ses contorsions, et la déposa dans la barque qu'il éloigna d'un coup de pied de l'appontement. Puis il se tourna pour regarder sa seconde mère. Il prit un ton badin, comme s'il ne s'agissait que d'une blague de gamin.

« Ne te mets surtout pas à crier, on va juste faire un petit tour en mer, regarde, j'ai acheté un bateau... »

Tout en parlant, Kake lança le moteur. Le hors-bord se cabra brusquement et s'élança à pleine vitesse vers la sortie du port.

« Cramponne-toi, tantine, c'est parti ! » cria Kauko Nyyssönen par-dessus le hurlement de l'engin.

Linnea ne pouvait qu'obéir, c'était affreux, on l'emmenait à nouveau de force, pour la troisième fois de l'été ! Elle agrippa le plat-bord, son manchon roula au fond du bateau, des miettes de brioche s'envolèrent, emportées par le vent de la course, tels des flocons de neige dans la tempête. L'embarcation passa à toute allure sous le pont de Lauttasaari, dépassa Melkki et continua droit vers le grand large. Kauko Nyyssönen ralentit l'allure, il laissa échapper un sinistre rire forcé.

« Je voulais te faire une surprise, expliqua-t-il à sa tante. C'est sympa, non, de temps en temps, de sortir en mer se détendre un peu ? Comme ça à l'improviste ! »

Linnea ne trouvait pas l'ambiance très détendue. À ses pieds gisait un gros sac, elle le toucha de la pointe de sa chaussure. Était-il rempli de pierres ? Oui, forcément. Il ne s'agissait pas du tout d'une partie de plaisir, si elle en croyait son intuition féminine.

Au large, la mer était noyée de brume, on distinguait à peine les îlots les plus proches. Sans se soucier du temps maussade, Kauko Nyyssönen continua de se diriger vers le sud, s'éloignant avec détermination de la côte. Le moteur tournait à mi-puissance, le sillage du bateau s'effaçait rapidement. La colonelle se demanda si ce voyage serait son dernier. Le ton et la mine étrangement tendue de son neveu auguraient mal de la suite.

« Kauko, s'il te plaît, rentrons, tu vas te perdre, dans ce brouillard. »

Nyyssönen éteignit le moteur, regarda alentour, un peu préoccupé lui aussi par le manque de visibilité. Il sortit deux boîtes de bière de sous son banc, en ouvrit une et, d'un coup de pied, envoya l'autre rouler vers Linnea.

« Merci, Kauko, mais je ne bois pas, et tu ne devrais pas boire non plus, c'est interdit quand on conduit un bateau. »

Le ravisseur vida la boîte d'un trait, rota, puis jeta un regard mauvais à la vieille femme assise à la proue et déclara d'une voix rauque :

« Tu devrais en profiter tant qu'il en est encore temps. »

Linnea frissonna soudain, peut-être à cause de la brume humide, mais peut-être aussi à cause de l'affreux sentiment qu'elle avait de se trouver seule et sans défense, sur la mer déserte, face à ce jeune homme haineux.

D'un air détaché, Kauko Nyyssönen lança :

« Figure-toi que je sais comment Pera est mort, et ce qui est arrivé à Jari. »

Linnea sursauta. Que voulait-il dire ? Lahtela était décédé depuis déjà longtemps, et elle ignorait tout de Jari... ne pouvait-on retourner à terre en bonne intelligence, il ne servait à rien de rabâcher ces histoires en mer et en plein brouillard...

« Ton toubib est venu m'agiter un flingue sous le nez, l'autre jour. Un vrai héros, ton mec... Il m'a dit que tu avais tué Pera et Jari. Je m'en doutais. N'essaie pas de prétendre le contraire. Tu as planté une aiguille de poison dans les fesses de Pera, et Jari sert de nourriture aux poissons au fond de la Baltique, d'après les fanfaronnades de ton vieux. Sacrée tantine ! »

Linnea fut prise de vertige. Jaakko Kivistö avait-il perdu tout sens commun ? Pourquoi donc avait-il été révéler ses secrets les plus brûlants, et à son neveu par-dessus le marché ? La logique masculine lui échappait.

« Kauko chéri, comment peux-tu croire des choses pareilles. Jaakko est un vieil homme, il raconte n'importe quoi. Tu sais bien que je ne ferais pas de mal à une mouche. Rentrons, maintenant, et allons parler de tout cela au calme, dans un restaurant, par exemple... »

Nyyssönen tendit le bras pour attraper la boîte de bière qui roulait au fond du canot, l'ouvrit d'un geste et la but avec avidité, la pomme d'Adam montant et descendant en rythme. Puis il mit le moteur en marche et partit lentement vers le sud, pour autant que Linnea puisse en juger. Le brouillard était suffisamment épais pour qu'on n'y voie pas à plus de cent mètres, il était difficile de savoir où l'on allait.

Kauko Nyyssönen éteignit le moteur et tendit l'oreille. On entendait, quelque part, des plaintes de cornes de brume. Il régnait un calme plat. Kake reprit prudemment sa route, s'arrêtant de temps à autre pour écouter et contourner les bruits d'autres bateaux. Linnea se rendit compte que le brouillard commençait à l'inquiéter lui aussi, à moins qu'il n'eût d'autres motifs de peur ? Kauko était-il capable d'essayer de noyer sa propre tante ? Elle espérait que non. Mais le sac de pierres au fond de la barque, et l'attitude décidée et menaçante de son ravisseur... La vieille femme craignait de plus en plus désespérément que cette excursion ne se termine mal.

Soudain la colonelle Linnea Ravaska se mit à hurler à pleins poumons, comme si on en voulait à sa vie, ce qui était d'ailleurs le cas. Quelque part, loin dans la brume, un bruit de sirène répondit, puis des voix d'hommes sans que l'on puisse distinguer ce qu'elles criaient.

Kauko Nyyssönen, saisi d'une rage aveugle,

sauta de la poupe sur le banc du milieu et allongea une claque à Linnea. Le sang se mit à couler du nez de la vieille femme, qui s'affala au fond du bateau. Kake perdit l'équilibre, bascula, se cogna le genou avec un bruit sourd contre la banquette en aluminium, tenta de se rattraper d'une main au plat-bord, manquant faire chavirer la barque, tomba sur un tolet qui s'enfonça profondément entre ses côtes, s'écroula de tout son poids dans un fracas terrible et heurta le sac de pierres posé derrière lui. Le silence se fit.

Le bateau cessa peu à peu de tanguer. Linnea se leva pour voir ce qui était arrivé à son neveu. Ce dernier était étendu au fond du canot, haletant, le visage tordu de souffrance, crachant un flot de jurons.

« Je t'avais bien dit, Kauko chéri, que nous aurions mieux fait de rentrer. Comment te sens-tu ? »

Nyyssönen tenta de se relever, mais il avait certainement des os brisés, la douleur l'empêchait de bouger.

« Donne-moi une bière », grogna-t-il d'où il était. Linnea obéit docilement, tout en faisant attention de ne pas trop s'approcher du blessé. Kauko Nyyssönen but goulûment, mais c'était ce qu'il faisait toujours, avec ou sans fractures.

« C'est le moment de te mettre à crier au secours, décréta-t-il. Mais pense à fermer ta gueule, si quelqu'un vient nous donner un coup de main, à propos de nos affaires. Pas un mot sur Pera ou Jari ou sur nos relations. »

Linnea se mit à pépier à l'aide. C'était curieux, l'accident de Kauko l'avait laissée muette, la peur de la mort qui l'avait saisie avait disparu, ses appels au secours étaient maintenant faibles et timides, comme il sied à une vieille dame.

« Crie plus fort, nom de Dieu ! Si tu crois que quelqu'un va t'entendre, avec tes miaulements. Tu avais pourtant de la voix, tout à l'heure », éructa Kauko.

Linnea se remit à appeler au secours, mais sans plus de résultat — elle commençait à s'enrouer. Nyyssönen se joignit au chœur, mais ne parvint guère à produire autre chose qu'un râle. Sans doute avait-il des côtes cassées, car il n'insista pas.

Le hors-bord dérivait dans le brouillard, poussé par un léger souffle de vent. Kauko Nyyssönen gisait douloureusement au fond, une boîte de bière contre la joue, la joue contre le banc. Chaque fois que la boîte était vide, Linnea lui en tendait une nouvelle. Son neveu, une fois de plus, avait emporté d'invraisemblables quantités de boisson.

« Tu ne penses pas que tu devrais ralentir un peu le rythme, suggéra-t-elle. Pour ne pas avoir besoin de faire pipi, en plus du reste... »

Nyyssönen, boudeur, ne répondit pas. Au bout

d'un long moment de navigation silencieuse, Linnea demanda :

« Dis-moi, Kauko, avais-tu réellement l'intention de me tuer, tout à l'heure ? »

Pas de réponse.

Deux heures plus tard, midi approchant, le brouillard commença à se dissiper. Kauko Nyyssönen, toujours muet, leva la tête de son banc. On y voyait maintenant à quelques kilomètres, un lointain grondement de moteur se faisait entendre, quelque part en direction du sud, là où le soleil perçait petit à petit la brume, et, en regardant attentivement, on pouvait distinguer un point noir. Un navire, ou peut-être un gros yacht.

Kake ordonna à Linnea de faire des signes de détresse. La colonelle agita son manchon, mais ça ou rien... Son neveu lui commanda d'attacher un gilet de sauvetage à la pale d'une rame et de décrire avec de larges demi-cercles, peut-être remarquerait-on ainsi le hors-bord en perdition. La vieille dame s'exécuta, noua la brassière au lourd aviron en bois gorgé d'eau et le leva à la verticale. Dieu que c'était malcommode, songea-t-elle, comment pourrait-elle jamais alerter des secours par un tel moyen. Elle tenta d'imprimer au manche un mouvement de balancier, ses mains se mirent à trembler, le gilet de sauvetage orange s'agita de droite à gauche, haut dans le ciel.

« Je n'en peux plus, Kauko, tu permets que je me repose?

— Ta gueule, agite cette rame ou je te noie aussi sec », menaça Nyyssönen.

Linnea rassembla toute son énergie, la brassière sanglée au sommet de la longue rame allait et venait au-dessus de la barque, décrivant un arc toujours plus large; le navire voguant au loin avait maintenant une chance d'apercevoir le S.O.S.

Puis les forces de la vieille femme la trahirent, elle ne parvint plus à inverser le mouvement de l'aviron qui lui échappa des mains et poursuivit sa course, entraîné par la pesanteur, droit vers la tête de Kauko Nyyssönen. Comme par un fait exprès, la pelle de la rame vint frapper son front, le gilet de sauvetage s'écrasa sur sa poitrine, on entendit un craquement de mauvais augure. Puis plus rien.

Linnea, atterrée, tira l'aviron vers elle et contempla son neveu. Sa tempe s'ornait d'une dépression de la forme exacte de la tranche du plat de la rame.

Les yeux éteints de Kauko Nyyssönen fixaient d'un regard aveugle l'horizon et le navire salvateur. La vieille femme ferma les paupières de l'infortuné.

La colonelle Linnea Ravaska n'éprouvait aucune honte face à la mort soudaine du jeune homme, mais du soulagement :

« Dieu merci, tu as eu ce que tu méritais, toi aussi. »

Jamais pourtant on ne s'habitue à la mort. La vieille femme frissonna et se détourna du corps. Elle songea que les mères, même de substitution, pleuraient en général leurs enfants. Mais pas une larme ne lui montait aux yeux.

Le brouillard descendait à nouveau lentement sur la mer, le soleil se voila d'un halo gris et les cornes de brume, dans le lointain, reprirent leurs tristes plaintes.

24

La vieille femme et la mer : la colonelle Linnea Ravaska dérivait sur l'onde déserte, seule avec son neveu mort. La brume enfermait la barque funèbre dans une sphère cotonneuse autour de laquelle rien d'autre ne semblait exister. Plus aucun ululement de sirène ne se faisait entendre en ce lieu perdu.

Au bout de longues heures, les derniers rayons tamisés du soleil sombrèrent à l'horizon. Le crépuscule enveloppa la vieille femme. Elle se tenait recroquevillée à la proue tel un oisillon, les yeux secs, l'esprit vagabond.

Avant que la nuit ne tombe, Linnea fut tirée de ses pensées par une terrible soif. Elle n'avait pas absorbé de la journée une miette de nourriture ni une goutte de liquide. La faim ne lui pesait pas, mais la simple idée d'une gorgée d'eau claire devenait une torture.

Elle se rappela soudain les abondantes réserves de boisson de son défunt neveu. La vieille dame ouvrit une boîte de bière fraîche et étancha sa soif. Divin... en un sens, elle commençait à comprendre les amateurs de houblon.

Sur la frêle constitution de la colonelle, les cinquante centilitres de boisson eurent un effet non négligeable. Sortant de son abattement résigné, elle reprit vite du poil de la bête. Requinquée, elle se mit à ranger et à nettoyer le bateau, telle une ménagère zélée ou une oiselle dans son nid.

La vieille femme commença par faire disparaître les boîtes de bière vidées par Kauko Nyyssönen, en les remplissant d'eau de mer et en les laissant descendre lentement dans les profondeurs marines. Puis elle ouvrit le sac qui gisait aux pieds du mort : il était bien rempli de pierres. Avec une certaine jouissance, elle jeta un à un les galets à la mer. Ils ricochèrent dans des gerbes d'écume, comme jadis, quand elle était enfant. Elle couvrit du sac vide le visage de son défunt neveu, après l'avoir allongé sur le dos au fond de la barque, mains croisées sur la poitrine. Pour finir, elle enfila le gilet de sauvetage et remit en place la rame fatale. Après ce grand ménage, elle décida de boire une seconde bière — après tout, elle avait du temps devant elle et il n'y avait personne pour la voir.

Le capitaine de corvette Anastase Troïtaleff, sombre et austère derrière sa barbe grise, était assis dans son carré de commandant du mouilleur de mines soviétique *Stakhanov*. Il avait dépassé la soixantaine et approchait de la retraite. La nuit était tombée, le *Stakhanov* se tenait à son poste d'observation habituel, au milieu du golfe de Finlande, et le seul maître à bord était affalé dans son fauteuil, avec devant lui un gobelet de thé froid et, par terre, à l'ombre du pied de la table, une bouteille de mauvaise vodka à moitié vide. Le capitaine Troïtaleff était à vrai dire un ivrogne, un vieil ivrogne aigri.

Dans la journée, il n'osait pas écluser trop de godets, même dans son propre carré. Les bourrasques asséchantes du nouveau vent de sobriété qui soufflait à terre se faisaient sentir jusqu'en mer. Il ne voyait que trop bien les regards annonciateurs de dénonciation des plus vétilleux zélateurs du parti, tels que le lieutenant de vaisseau Kondarievski. Anastase Troïtaleff avait donc pris l'habitude de rester seul à sa table, la nuit, rompu par les mers, les yeux rougis, reposant sur ses mains son front lourd de pensées.

Le capitaine n'avait pas toujours navigué dans ces eaux froides et lugubres. Dans ses jeunes années, il avait gravi avec passion les échelons de la hiérarchie des forces navales de l'U.R.S.S., été nommé officier dans la flotte de la mer Noire et enfin, en pleine possession de ses moyens, reçu le commandement du *Kirov*, un porte-hélicoptères de classe Kiev, orgueil de la marine. Au début des années soixante-dix, franchissant le Bosphore, il avait porté haut en Méditerranée le fier étendard écarlate de la Flotte rouge. Les navires sous ses ordres avaient fait route vers l'océan Indien, où il était devenu un acteur de poids de la politique mondiale. Il avait eu l'occasion d'offrir dans son carré une coupe du meilleur champagne géorgien à Indira Gandhi, quand l'Inde et l'Union soviétique négociaient au sujet de bases navales.

Ces temps étaient révolus. Dans le lourd climat des tropiques, Troïtaleff s'était laissé aller à boire trop de vodka. Quelques erreurs de navigation avaient pu se produire, de jeunes officiers de marine avaient rédigé sur lui des rapports désobligeants, il y avait eu des intrigues et des jalousies. Peu après la mort de Brejnev, le capitaine de corvette avait été muté dans la flotte de la Baltique, où on ne lui avait pas même confié un contre-torpilleur de moyen tonnage, mais ce mouilleur de mines, un vieux sabot rouillé dans les étroites coursives duquel l'équipage, une bande de sinistres crétins, sobres comme des chameaux, avait à peine la place de passer. Il préférait ne plus penser à ses anciens jours de gloire, à jamais envolés. Seul comptait l'instant présent, sa triste solitude dans son carré mal aéré où l'on ne venait même plus l'avertir des événements quotidiens de la navigation, si importants soient-ils.

Le capitaine Troïtaleff se sentait le seul vrai

rebelle à bord; il avait souvent eu la tentation de mouiller un champ de mines serré au milieu de la grisaille de cette mer intérieure et d'obliger ses hommes à diriger cette saleté de *Stakhanov* droit dessus. Ce serait la fin de tout, un départ en beauté, et peut-être finirait-il encore un jour par ordonner ce feu d'artifice.

Ce n'était pas que Troïtaleff eût quelque chose contre Gorbatchev en particulier, il ne connaissait d'ailleurs pas personnellement ce fougueux réformateur qui sévissait à terre, mais il y avait des bornes que même l'enthousiasme des paysans n'aurait pas dû franchir.

Quand il était jeune officier, Anastase avait souvent caressé le rêve que son navire de guerre sauve une néréide en détresse, au cou blanc orné d'un tintinnabulant collier de coquillages, tenant entre ses seins une bouteille de champagne glacé. Aujourd'hui, une belle fille à matelots, comme on en trouve dans tous les ports, et une bouteille de vodka lui auraient suffi.

À mesure que l'homme change, ses fantasmes évoluent. Mais à quoi bon rêver. Comment pouvait-on espérer trouver dans les vagues glaciales du golfe de Finlande une nymphe prête à adoucir un peu sa morne solitude de vieil officier de marine.

À ce moment, on frappa à la porte du carré et l'un des plus tristes imbéciles du navire, l'enseigne de vaisseau Iesoff, entra en trébuchant :

« Camarade commandant, commença-t-il, puis-je vous parler ?

— Hmmm...

— Nous avons repêché une naufragée. »

Le capitaine Troïtaleff leva un sourcil interrogateur.

« Elle est étrangère, et ivre. Elle transportait de l'alcool.

— Mille tonnerres ! Allez-vous cracher le morceau ! Qu'est-ce que c'est que cette histoire ! »

L'enseigne de vaisseau expliqua que l'on n'en savait guère plus pour l'instant. La femme était apparemment étrangère, étant donné qu'elle ne parlait pas russe, ou seulement quelques mots, mais il s'agissait de termes militaires, pour la plupart injurieux. Elle avait aussi chanté un refrain insultant, qui disait à peu près ceci : « Une balle entre les yeux et plof ! c'en est fini des Russkofs ! »

Le capitaine de corvette grommela que ce n'était pas la peine de s'énerver pour des propos d'ivrogne.

« Elle transportait aussi un cadavre, camarade commandant. »

Troïtaleff ordonna qu'on lui amène la naufragée. Une fois l'enseigne de vaisseau sorti, il avala une gorgée de vodka et réfléchit, ahuri : son vieux rêve idiot de naïade buveuse de champagne était-il enfin en train de se réaliser, ou était-il en train de sombrer dans un délire alcoolique? La seconde hypothèse semblait la plus plausible.

On conduisit bientôt devant le capitaine de corvette une frêle vieille dame qui titubait légèrement, encadrée par deux matelots. Troïtaleff lui fit signe de s'asseoir et ordonna à ses accompagnateurs de les laisser.

Troïtaleff examina la colonelle Linnea Ravaska. Plutôt âgée pour une nymphe, constata-t-il. C'était bien sa chance. Mais peu importait. Madame était donc étrangère, parlait-elle anglais? Non... et allemand?

Linnea répondit en allemand qu'elle était finlandaise, et veuve de colonel. Était-elle prisonnière des Russes?

Troïtaleff expliqua qu'il ne s'agissait pas de cela. Quelques points devaient cependant être éclaircis. Pourquoi madame Ravaska avait-elle commencé par chanter à ses hommes une marche militaire insultante pour leur honneur? Les Finlandais avaient-ils quelque chose contre l'héroïque Krasnyi Flot?

Linnea se déclara désolée, elle n'avait pas eu l'intention de blesser l'équipage du navire, mais c'était les seuls mots de russe qui lui étaient venus à l'esprit... peut-être avait-elle été un peu légère en déversant sur ses sauveteurs cette vieille rengaine datant de la guerre. Mais à son âge, dériver pendant des heures dans le brouillard avec un cadavre faisait quelque peu perdre le sens des réalités. Elle avait été contrainte de boire de la bière fortement alcoolisée, car il n'y avait pas d'eau potable dans la barque.

Troïtaleff ordonna à ses subordonnés de lui remettre le restant de la cargaison. On entassa dans le réfrigérateur du carré neuf boîtes de bière fraîche. Quand ils se retrouvèrent en tête à tête, Linnea invita le capitaine de corvette à goûter cette boisson typiquement finlandaise. Après toutes ses émotions, elle en boirait bien elle aussi, s'il le lui permettait.

« Pas mal... plutôt meilleur, même, que notre *pivo*, apprécia le capitaine de corvette. Même si je n'aime pas la bière, en général, c'est plutôt une boisson de matelots. »

Linnea partageait son point de vue. Elle n'en buvait pas non plus, si ce n'est parfois après le sauna, une demi-bouteille, pour étancher sa soif. Mais les circonstances étaient aujourd'hui exceptionnelles.

Troïtaleff revint à un ton plus officiel et déclara que la colonelle se trouvait à bord du mouilleur de mines *Stakhanov* et qu'il attendait d'elle qu'elle réponde sans détour à toutes ses questions. Peut-être serait-il bon qu'elle s'explique, pour commencer, sur les événements des dernières heures et en particulier sur le corps qui se trouvait paraît-il dans son embarcation.

Linnea raconta brièvement ce qui s'était produit depuis le moment où Kauko Nyyssönen l'avait embarquée dans son hors-bord au port de plaisance de Taivallahti, à Helsinki. Troïtaleff griffonna quelques notes. Il demanda à la colonelle si elle avait eu le moindre motif de craindre pour sa vie lors de cette inhabituelle promenade. Linnea répondit que non, pas qu'elle sache, si l'on exceptait le brouillard et la dérive de la barque. Tout cela était une idée de son galopin de neveu, maintenant hélas décédé des suites de la chute d'une rame sur sa tête.

Le radio vint les interrompre pour demander s'il fallait informer la base de Paldiski de la présence d'un cadavre et d'une naufragée. Troïtaleff décida que rien ne pressait, du moins pour l'instant.

Le médecin du bord vint annoncer qu'il avait procédé à un examen superficiel du corps, il s'agissait d'un Finlandais, mort d'une fracture du crâne. Il avait aussi d'autres os brisés, le fémur et deux côtes flottantes, à gauche.

Troïtaleff ordonna que l'on mette le cadavre dans la chambre froide. Le maître coq protesta bêtement qu'il avait fait le plein de vivres la semaine précédente, ses frigos débordaient de carcasses de porcs et de bœufs...

« Sortez-en une de vos charognes de cochon rancies, débitez-la dans de la soupe au chou et fourrez le Finlandais à la place ! »

On rédigea dans la foulée un procès-verbal d'interrogatoire en bonne et duc forme que le lieutenant de vaisseau Kondarievski recopia au propre de sa main, en trois exemplaires, et sur lequel la colonelle Linnea Ravaska et le capitaine de corvette Anastase Troïtaleff apposèrent leur signature. La vieille dame s'étonna du procédé, n'y avait-il donc pas de machine à écrire, sur ce navire ?

Troïtaleff grommela qu'il n'y avait même pas à bord de cette poubelle de samovar pour faire chauffer l'eau des grogs, c'était un mouilleur de mines, pas un secrétariat flottant. C'était déjà bien beau de trouver un officier sachant écrire.

Linnea, là-dessus, fit remarquer au capitaine que son caractère lui rappelait par certains côtés celui de son défunt époux le colonel Rainer Ravaska. Ce dernier s'était battu contre l'Armée rouge sur le front de l'Est, en Finlande. Elle ajouta qu'il ne fallait voir dans les entreprises guerrières de son mari aucun sentiment de haine personnel, il était militaire de carrière.

Le capitaine de corvette lui confia que son père, Vladimir Troïtaleff, avait également combattu dans l'armée de terre, soviétique bien sûr, et lui aussi sur le front de l'Est, autrement dit en Mandchourie contre les Japonais. Quant à ses motifs, il préférait s'abstenir de tout commentaire.

Il s'ensuivit une intéressante et chaleureuse conversation politico-militaire, qui se prolongea jusqu'à l'aube. Le capitaine Troïtaleff s'ouvrit de sa carrière dans la Flotte rouge. Linnea évoqua la stratégie et les combats de la Finlande pendant la Seconde Guerre mondiale, et insista sur son rôle dans l'écrasement final des Allemands, lors de la guerre de Laponie. Anastase, parvenu au chapitre de sa vie actuelle, dans ces océans de sobriété, essuya quelques larmes ambrées de ses yeux délavés par les vents marins. Linnea, émue, se livra elle aussi, avoua les trois décès de l'été et la part qu'elle y avait prise. Main dans la main, les deux vétérans conclurent qu'il ne faisait pas bon vivre, surtout pour les vieux, dans un monde gouverné par les jeunes.

La dernière bière ayant été bue, et puisqu'il y avait sur le *Stakhanov* une invitée de marque, le capitaine Troïtaleff ordonna que l'on ouvre la bouteille de champagne rosé conservée au frais pour de telles occasions. Il balaya les objections du maître coq en déclarant que l'on était en mer, dans les eaux glacées du golfe de Finlande, qu'il se trouvait y avoir à bord la représentante d'un État étranger ami, veuve qui plus est d'un officier de haut rang, et que si l'unique bouteille de champagne de la cambuse ne lui était pas immédiatement servie dans un seau, il considérerait de son devoir de faire immédiatement passer le responsable par les armes.

Le radio vint à nouveau les déranger. N'était-il pas enfin temps, alors que l'aube pointait, de prévenir la base militaire de Paldiski, à Tallin, afin d'y transférer pour interrogatoire la dame et le cadavre?

Avec l'aide de Linnea, Troïtaleff lui dicta un bref message en finnois à l'intention des garde-côtes finlandais : à titre exceptionnel, le mouilleur de mines *Stakhanov* leur livrerait le matin même à 11 : 00 (heure locale), sans négociations préalables entre les autorités chargées de la surveillance des frontières, deux citoyens finlandais, l'un vivant, l'autre décédé. Le capitaine de corvette proposait comme lieu de rendez-vous un point situé dans les eaux internationales, à proximité du phare de Helsinki. Un procès-verbal d'interrogatoire serait remis en même temps que les personnes en question. Stop.

L'alerte fut aussitôt donnée à l'état-major des forces navales finlandaises. À l'heure dite, la canonnière *Nouveau Ladoga* entra dans la zone, prête à accueillir Linnea et le corps.

Fort opportunément, la dernière bouteille de champagne du *Stakhanov* avait été vidée avant onze heures ; sur la plage arrière de son navire, le capitaine Troïtaleff serra dans ses bras la colonelle Ravaska. On aida la vieille dame à monter dans l'annexe dépêchée par la canonnière.

Le corps de Kauko Nyyssönen fut largué à la mer le long des rails de mouillage des mines, dans le hors-bord qu'il avait lui-même volé, et la cérémonie prit fin. Les navires échangèrent un salut par pavillons, Linnea agita son manchon pour un dernier adieu au bon vieux capitaine de corvette à barbe grise Anastase Troïtaleff, qui, sur le pont du *Stakhanov*, lui répondit d'un geste de la main.

La brume s'était levée, les îlots rocheux des abords de Helsinki baignaient dans un clair soleil matinal, Linnea, debout sur la passerelle du *Nouveau Ladoga*, soutenue par deux matelots, regardait sa patrie bien-aimée. Elle rentrait chez elle, accompagnée du dernier défunt de l'été.

25

Épilogue

La vie est courte, mais pas toujours. Linnea vécut jusqu'à l'âge de quatre-vingt-seize ans. Avant d'en arriver là, cependant, il se produisit encore ceci :

Libérée, la colonelle Ravaska entra le vent en poupe dans le port militaire de Suomenlinna sur la canonnière *Nouveau Ladoga,* de conserve avec le corps de son neveu Kauko Nyyssönen, munie du procès-verbal d'interrogatoire détaillé rédigé à bord du mouilleur de mines *Stakhanov*. Le document souleva un certain émoi parmi les responsables finlandais. La police souhaitait mener une enquête plus approfondie sur le décès, survenu dans des circonstances particulièrement étranges. L'on y renonça cependant, au nom du simple bon sens, car l'on ne pouvait douter de la crédibilité absolue du rapport fourni par le capitaine de corvette soviétique, et au vu des avis formulés sur la question par le ministère des Affaires étrangères et par l'état-major des forces

navales. Dans les deux cas, les experts souli-
gnaient qu'à vouloir pousser les recherches trop
loin, l'on risquait de susciter un certain agace-
ment de la part d'un État voisin ami de la
Finlande, dont la localisation n'était pas préci-
sée, et surtout de son appareil bureaucratique,
que l'on osait comparer à un vaste bourbier.

La police procéda néanmoins à quelques véri-
fications relevant de sa compétence et dénuées
de tout lien avec la politique étrangère du gouvernement, au sujet du vol, à Vuosaari, d'un
hors-bord à coque d'aluminium, et ce à la suite
d'une plainte déposée par un certain Kalevi
Huittinen. Ce dernier, dont il fut établi qu'il
était le propriétaire légitime de l'objet, arguait
que son canot avait été cabossé, ainsi que l'on
pouvait le constater à l'œil nu, par les rails à
mines d'un navire de guerre russe, au cours de
manœuvres de repêchage et de largage. Le plaignant exigeait en outre des dommages-intérêts
pour ses journées de congé perdues, du fait de
l'absence de son bateau, à rendre une ennuyeuse
visite à la famille de sa femme à Siikaharju, près
de Loimaa — ce qui fut dûment noté.

La justice condamna la colonelle Linnea
Ravaska, née Lindholm, à une amende équivalente à trente (30) fois ses revenus journaliers,
ainsi qu'à des dommages-intérêts en réparation
de l'utilisation illicite et de la dégradation d'un
canot automobile. Le tout fut payé par le docteur

Jaakko Kivistö, profondément indigné, mais sans qu'il soit fait appel du jugement.

Les cendres de Kauko Nyyssönen furent inhumées selon le cérémonial habituel dans le jardin du souvenir de Hietaniemi, en présence de sa tante, qui éprouva à cette occasion un chagrin quelque peu austère.

Après une période de deuil de deux jours, Jaakko Kivistö et Linnea Ravaska convolèrent en justes noces. Pour leur lune de miel, ils firent un voyage au Brésil au cours duquel la mariée put faire visiter à son époux différentes régions qu'elle avait découvertes après-guerre.

Ils passèrent ensuite quelque temps à Harmisto, près Siuntio, dans la métairie de Linnea, qu'elle avait renoncé à vendre — les causes de ce projet s'étant, au fil de l'été, retirées dans l'au-delà.

L'aide-cuisinière Maritta Lasanen fut embauchée par le docteur Kivistö et madame, comme secrétaire médicale et employée de maison; apitoyés par son sort, les deux vieillards lui léguèrent en outre par testament une somme si conséquente qu'après leur mort Ritta devint l'une des mondaines les plus en vue de la capitale.

L'ingénieur forestier Erik Sevander et l'infirmière Anneli Vähä-Ruottila poursuivirent leur vie commune, dans le strict cadre de leurs lointains voyages à l'étranger, qui se multiplièrent après que Sevander eut été nommé directeur international du marketing de la filière bois et papier de Rauma-Repola.

Oiva Särjessalo acquit une certaine notoriété grâce à ses interventions dans les pages de débat des journaux. Sa principale idée était qu'il fallait fonder dans les banlieues de Helsinki des « villages de garçons » destinés à accueillir les enfants et les adolescents en difficulté des quartiers défavorisés. Särjessalo, connu pour son intransigeante sobriété, exigeait le soutien sans faille de la société à une action bénévole de grande envergure et de longue haleine en faveur des victimes de violences familiales.

Le capitaine de corvette Anastase Troïtaleff prit sa retraite, pour diverses raisons, peu de temps après avoir livré Linnea aux autorités finlandaises. Lors de la cérémonie organisée à cette occasion, on accrocha à sa mâle poitrine la médaille de première classe de Héros de la Flotte rouge. Il la troqua contre une datcha en bon état — celle-là même, entre parenthèses, où Ilia Repine, puis Otto Ville Kuusinen, avaient abrité leurs amours. Le capitaine de corvette devint au fil du temps un fervent connaisseur et admirateur de la peinture de Repine. L'histoire des dirigeants politiques communistes originaires d'anciennes possessions des tsars, par contre, ne parvint jamais à l'intéresser.

Parvenus en Enfer, Pertti Lahtela, Jari Fagerström et Kauko Nyyssönen reprirent contact. Les conditions de vie, dans leur nouveau séjour, étaient absolument exécrables : les trois larrons étaient contraints à des corvées épuisantes et monotones, au-delà, parfois, de toute limite raisonnable, et malgré leur absolue conviction de l'inanité de tout travail.

Amers et assoiffés de vengeance, ils fondèrent une confrérie infernale, toute consacrée à l'attente de la mort de la colonelle Linnea Ravaska et des retrouvailles qui s'ensuivraient. Ils formèrent du fond du cœur, des vœux pour que leur ennemie ne parvienne pas à se faufiler au Paradis et à échapper à leur vindicte.

Leur prière fut entendue. Son heure venue, Linnea prit elle aussi le chemin de l'Enfer — comme en tout temps et à jamais tout membre trépassé de tout peuple d'origine finnoise.

Les frères de sang furent cependant privés de leur vengeance, car Linnea avait pour la défendre, en ce lieu démoniaque, non seulement le docteur Jaakko Kivistö, mais aussi le colonel Rainer Ravaska et son plus cher ami, Belzébuth en personne.

Hommes du monde tous les trois. Une dame est une dame, même en Enfer.

DU MÊME AUTEUR

Aux Éditions Denoël

LE LIÈVRE DE VATANEN (Folio n° 2462)
LE MEUNIER HURLANT (Folio n° 2562)
LE FILS DU DIEU DE L'ORAGE (Folio n° 2771)
LA FORÊT DES RENARDS PENDUS (Folio n° 2869)
PRISONNIERS DU PARADIS (Folio n° 3084)
LA CAVALE DU GÉOMÈTRE (Folio n° 3393)
LA DOUCE EMPOISONNEUSE (Folio n° 3830)
PETITS SUICIDES ENTRE AMIS (Folio n° 4216)
UN HOMME HEUREUX (Folio n° 4497)

Impression Novoprint
à Barcelone, le 4 avril 2007
Dépôt légal : avril 2007
Premier dépôt légal dans la collection: mars 2003
ISBN 978-2-07-042577-8 / Imprimé en Espagne
151392